小学館文庫

クソみたいな理由で無人島に遭難したら人生が変わった件

すずの木くろ

小学館

目次

contents

第1章　7人の漂流者

旅行をする理由は、人それぞれだと思う。

忙しい日々の息抜きだったり、憧れの地への訪問だったり、心の傷を癒すためだったり。

だけど僕のそれは、大多数の人と比べて少しばかり変わっているに違いない。

「ここが沖縄かぁ……」

那覇《なは》空港のゲートをくぐり、目の前に広がる光景を前にして僕の気分は高揚していた。

お盆の時期ということもあって、空港にはたくさんの人の姿がある。

半袖短パン姿の若者の集団、小さな子供を連れた若い夫婦、真っ黒に日焼けしている中年男性の2人組、和やかな様子で何やら話している老夫婦などなど。

その誰もが明るい表情で、どこかそわそわと、そしてわくわくしている様子だ。

「空港到着のシーンから描いたほうが、雰囲気が出るかな」

ポケットからスマホを取り出して、空港のゲートや売店、正面玄関を写真に収める。

「タイトル、『企業戦士リザードマン、沖縄の大地に立つ！』とかでいいかな？」

僕の旅の目的は、これから描く漫画の取材だ。

肩書きとして名乗れるほど立派なものではないけれど、僕はガス会社の事務員という仕事の傍ら、漫画家の真似事《まねごと》をしている。

即売会に一度だけ参加したこともあるけれど、主な活動場所はツイッターだ。

暇を見つけては漫画を描き、不定期で投稿している。

昔、ツイッター上で変な人が僕の投稿した漫画にいちゃもんをつけてきて、ひたすらダメ出しやら批判をされたことがあったのが少しトラウマだ。

その頃はたくさんの人に漫画を読んでもらいたくて、「リツイート希望」のハッシュタグを付けて漫画を投稿していた。

でも、その一件があってからは、アカウントを作り直して「リツイート不要」とハッシュタグを付けて投稿している。

そんなわけで、今ツイッターで僕の漫画を読んでいる人は、前のアカウントから律義にも漫画の名前を検索してフォローしてくれたごく少数の人だけだ。

批判されて嫌な思いをするくらいなら、本当に好きで読んでくれる数人に向け、ちびちびやっていたほうがずっといい。

「えっと……『沖縄に到着。取材を開始するぞ！』っと」

スマホを操作し、空港内の写真を付け、ツイッターに投稿する。

すると、その数秒後に、ピコン、とリプライがついた。

「おっ、いきなりコメントをくれた人が……『びんびん丸』さんか。いつもありがたいな」

びんびん丸さんは、いつも僕の漫画に感想を送ってくれる読者さんだ。

面白いです！　とか、応援してます！　といった温かいコメントを毎回くれる。

僕はこの人が大好きだ。

一生懸命描いた漫画に好意的な感想が貰《もら》えることほど、嬉《うれ》しいことはない。

皆、びんびん丸さんみたいな人ばかりだったらいいのに。

「へえ、びんびん丸さん、石垣島に来てるのか。『僕は本島に来ています』っと」

コメントに返信すると、すぐにまたピコン、と返事がきた。

『おおっ、偶然ですね！　もしかして、次の漫画に向けた取材ですか⁉』

『えへへ。そんなところです。次は沖縄を舞台にしたお話にしようと思って』

『うわあ、それは楽しみです！　でも、せっかく沖縄に来たんですから、旅行も楽しんでくださいね！』

『はい！　びんびん丸さんも、石垣島を堪能《たんのう》してください！　もしよかったら、あとでそっちの海の写真を見せてくれませんか？』

『了解っす！　あと少ししたらビーチに行くんで、眺めのいい場所見つけたら写真送りますね！』

そんな風にびんびん丸さんとやり取りをしながら、僕は高速バス乗り場へと向かった。

民宿の予約はしてあるけど、チェックインの時間は午後の3時。

荷物を預けに行くのも手間なので、このまま高速シャトルバスで海へと向かうつもりだ。

荷物は着替えとスケッチブックの入ったボストンバッグ1つだけなので、海の家にあるコインロッカーにも入るだろう。

美しい沖縄の海でひと泳ぎして、旅の気分を盛り上げるとしよう。

＊＊＊

「おおー！」

バスを降りた僕は、目の前に飛び込んできた光景に思わず声を上げてしまった。

広々とした真っ白な砂浜と、コバルトブルーの美しい海。

その上に広がる、開放感全開の広大な青空。

ビーチにはたくさんの人がパラソルを立ててレジャーシートを敷き、わいわいと騒ぎながらくつろいでいる。

旅行雑誌に載っていた光景そのまま……いや、それ以上に美しい、素晴らしい景観だ。

たくさん建ち並ぶ海の家へと小走りで向かう。

イカ焼き、焼きそば、カレーライスなどを頬張るお客さんたちをチラ見しつつ、店員さんに声をかけて更衣室へ。

手早く服を脱いで海パンを穿《は》き、荷物をコインロッカーに押し込んで砂浜へと駆け出した。

「あちちっ！」

照りつける太陽に熱された砂浜で、その砂の熱さにぴょんぴょんと跳ねつつ波打ち際へと走る。

バシャバシャと海へと駆け込み、とうっ、と頭からダイブした。

「うひょー、気持ちいい！」

久しぶりの冷たい水の感触に、歓喜の声を上げながら手足を動かす。

幼稚園の頃から中学校に入るまでスイミングスクールに通っていたおかげで、水泳はそこそこ得意なほうだ。

といっても、こうして泳ぐのは学生時代以来なので、約5年ぶりだ。

足が届く程度の場所をバシャバシャと泳ぎ、はっと本来の目的を思い出して、海底に足をついてその場に立った。

興奮のあまりについ忘れてしまっていたが、僕がここまで来た目的は漫画の取材だ。

僕が描いている漫画「企業戦士リザードマン」の主人公、グ・レイト・リザルス・ジュニアが社員旅行で沖縄に来るというお話の取材をしなければならない。

——ここからの景色を、しっかり頭に入れておかないと。

自分自身に言い訳をしながら、陸地へと目を向けた。

大勢の人々が、砂浜で楽しげにはしゃいでいる。

友達同士でビーチバレーをしていたり、家族連れが砂山を作っていたり。

僕のすぐ近くでも、若いカップルがキャッキャウフフして水を掛け合っている。

ふと気付けば、1人でこの場にいるのは、どうやら僕だけのようだ。

「……いいなぁ。皆、楽しそうだな」

僕は、人付き合いが苦手だ。

仕事でやり取りするのは苦痛じゃないけれど、どこかへ一緒に遊びに行ったり、皆で飲み屋に行ったりということは避けて生きてきた。

理由は、人と話していると必要以上に気を使ってしまう質《たち》で疲れるからだ。

気心が知れた友達とならばともかく、会社の仲間と遊びにでかけても、どうしても心のどこかで身構えてしまう。

勤めている会社に同期がおらず、上司と後輩しかいないというのもその理由かもしれない。

もっとも、上司は僕にやたらと仕事を押し付けて自分はさっさと帰ってしまうような人だし、後輩はろくにホウレンソウもできなくて事あるごとに尻ぬぐいをさせられている。

そんな人たちと無理に付き合うよりも、1人のほうが気楽でいい。

そう考えていたせいか、社会人になってから新しい友達はできていない。

学生時代に辛うじて繋《つな》がりのあった友人たちも、忙しい日々の中で少しずつ疎遠になり、もう何年も連絡を取っていない。

もちろん、彼女なんてできたことすらなかった。

別に寂しくなんかない、と思っていたけれど、どうやらそれは思い込みだったようだ。

楽しそうな家族連れやカップルを見ていると、何だか彼らがとても羨ましく思えて、酷《ひど》く寂しく、孤独な気持ちになってきた。

僕が描く漫画の主人公には仲のいい同僚もいるし、遊んだり飲み屋に行く友人が何人もいる。

ストーリーを構成するうえで必要な要素だから、と言ってしまえばそれまでだけど、描いている漫画の主人公が交友関係に恵まれているのは、僕自身が本当はそうなりたいという想いの表れなのかな、とふと考える。

「う……ダメだ、ダメだ。ネガティブ思考は創作の敵だ！」

どんよりとしてしまった気持ちを振り払うかのように、僕は頭を振った。

漫画の登場人物たちの気持ちに少しでも寄り添おうと、今回の沖縄旅行を計画したのだ。

自分の半身のように可愛《かわい》い彼らのためにも、暗い気持ちは振り払わないといけない。

とはいっても、ここでこうして楽しそうな人々を眺めているのは、今の僕には少し酷だ。

「……よし、あっちの岩場に行ってみようかな」

右手の遠目にゴツゴツとした岩場が見えた。

ああいう場所で貝拾いをしたり、魚釣りをするという展開も面白そうだ。

楽しげな人々から目を逸《そ》らし、ザブンと海に飛び込む。

スイミングスクールで習った感覚は歳《とし》を取っても忘れていないようで、クロールでスイスイと水を掻《か》いて僕の体は進んで行った。

そうして数分泳ぎ、立ち泳ぎに変え周りを見渡してみた。

目の前には、ゴツゴツとした大きな岩場がある。

でも、上陸できそうな場所は手近にはないようだ。

くるりと砂浜の方へ振り返ると、人々の姿はだいぶ小さくなっていた。

足元へと目を向けると、透き通った水底には綺麗《きれい》なサンゴ礁と、たくさんの小魚の姿が。

「わあ……綺麗だなぁ」

思わず、その美しい景観に見惚《みと》れてしまう。

やっぱり南国の海は違うな、なんて考えながら頬が緩む。すると――。

「……ん？」

少し先の水面に、純白の布が浮いていることに気が付いた。

「……ブラジャー？」

ゆらゆらと揺れるそれは、どうやら女性のビキニのようだ。

僕ははっとして、慌てて岩場に目を向けた。

岩場の向こう側に、長い黒髪がちらりと見えた。

そこにビキニが漂っているということは、あそこにいるのは、それを探す持ち主に違いない。

「……これは漢《おとこ》として、ぜひとも届けてやらねばならない」

溢《あふ》れ出る下心を隠すように言葉を吐き、水面に漂う純白のそれへと泳ぐ。

「うわっぷ！」

突然、ざばっと高い波が襲い掛かり、頭から水を被《かぶ》ってしまった。

ぷはっと顔を海面に出すと、件《くだん》のキーアイテムが消えていた。

「ま、まさか、沈んじゃったのか⁉」

慌てて大きく息を吸い込み、海中へと身を沈める。

どこだどこだと視線を巡らすと、数メートル先で急速に沈みゆくそれを発見した。

力いっぱい水を掻き、手を伸ばしてそれの端を摑《つか》む。

慣れない潜水の息苦しさに顔をしかめながら、急いで海面へと浮上した。

「はあっ、はあっ……やった！」

手に摑んだ純白のそれを握り締め、達成感に身を震わせる。

後は、このビキニをなくして困っている女性の下へと届けるだけだ。

合法ラッキースケベだとか、これをきっかけに素敵な出会いをだなんて、欠片《かけら》も考えちゃいないぞ。

「よ、よし。あくまでも紳士的に……ん？」

視線の先の岩場から、困り顔をしたロン毛のマッチョマンが現れた。

手に持つそれに違和感を覚え、もう一度よく見てみる。

純白の長い布地に、片側の端から延びる2本の紐《ひも》。

「フンドシじゃねえか！　ふざけんな！」

怒りに任せてフンドシを海面に叩《たた》きつけた瞬間、先ほどとは比べ物にならないほどの巨大な波が僕に襲い掛かった。

あっ、と思う間もなく、僕はその波に飲み込まれ、海中に吸い込まれてしまった。

＊＊＊

「げほっ！　げほっ！」

悶《もだ》えるような苦しさに、激しくむせ返った。

喉の奥から塩辛い水が、目の前の真っ白な砂地に吐き出される。

「おおっ、目を覚ましたぞ！」

「よかったぁ……」

「す、すげえ。人工呼吸するところ、初めて見た……」

ゼエゼエと必死に空気を吸い込んでいると、間近で男女の声が響いた。

何とか顔をもたげると、僕を見下ろす６人の男女の顔があった。

男性が５人、女性が１人。

１人は白髪頭の年配の男性だ。

他の人たちは、皆10代、20代に見える。

「君、大丈夫か？　落ち着いて、ゆっくり深呼吸しなさい」

年配の男性が、横たわる僕の背中を摩《さす》りながら優しく語りかけてくる。

「……あ、ありがとうございます」

何とか呼吸を整え、改めて顔を上げる。

ほっとした様子で僕を見下ろす彼らの顔が視界に入った。

「君で6人目だ」

「え？　6人目？」

「ああ」

年配の男性が頷《うなず》き、周囲を見渡す。

僕は彼の視線を追った。

真っ白な砂浜と、ざあっ、と緩やかに打ち寄せる白波。

どうやら僕は、波打ち際にいるようだ。

「ここにいる彼らも、砂浜に打ち上げられていたんだ。島を一回りしていたら、君と同じように彼らを見つけてね」

「島って……ここ、沖縄の本島じゃないんですか？」

「残念だが、違うようだ。起き上がれるか？」

「あ、はい」

彼に手を貸してもらいながら、僕は身を起こして砂の上に座り込んだ。

「あの、ここはどこなんですか？」

「分からない。だが、どこかの小さな無人島だと思う」

「無人島⁉」

驚く僕に、彼は険しい表情で左に目を向けた。

そちらを見ると、砂浜の先にうっそうとした森が広がっていた。

森の先は木々に覆われた丘になっているようだが、建物は一軒も見当たらない。

「かなり小さな島のようだ。先ほども言ったように、ぐるっと島を回ってみたんだが、徒歩で2時間ちょうどで回りきることができた。彼らを起こす時間を抜いて、な」

年配の男性がそう言って、腕時計を見る。

機械式らしい腕時計の針は、3時ちょうどを指していた。

「そ、そうですか。あなたも、この島に流れ着いたんですか？」

「……ああ。釣りをしていたんだが、ボートが転覆してしまってな。気が付いたら、砂浜に倒れ込んでいた」

「そうでしたか……」

「とりあえずさ、救助を呼ぶ方法を探さないとヤバくない？」

突然の展開に僕が途方に暮れていると、唯一の女性が口を開いた。

彼女は白い無地のTシャツに短パン姿で、グレーのスニーカーを履いている。

金髪に染めた髪をツインテールにした、ギャルっぽい娘《こ》だ。

今さら気付いたけど、彼女と年配の男性以外は全員裸足《はだし》に海パン一丁だ。

男性陣はそれぞれ、金髪イケメンのチャラ男みたいな人、でっぷりとした太めの人、黒縁眼鏡の人。そして、暗そうな子だ。

「めっちゃ暑いし、このままだと干涸《ひから》びるの確定じゃん。マジでヤバ谷園だって」

金髪ギャルが不安そうな顔で言う。

……ヤバ谷園って何だ？

「だなぁ。でも、スマホもないし人家もないんじゃ、助けの呼びようがないぞ」

黒縁眼鏡の男性が、困ったように言う。

どういうわけか、彼は首に一眼レフカメラをぶら下げていた。

それと一緒に防水ポーチも首にかけていて、その中にはカメラのフィルムがいくつか入っているのが見えた。

「島の周りを歩いてた時に、建物とか道路は見かけなかったんですか？」

眼鏡の男性が年配の男性に聞く。

「道路は見なかったな。遠目に見てもボロボロの、廃墟《はいきょ》みたいな建物はあったが」

「廃墟ですか。もしかしたら、そこに行けば電話とかあったりしますかね？」

「それは分からないが、期待薄だとは思う。こんな小さな島に電話線が引かれているとも思えないからな」

年配の男性が、ふう、と息をついて空を見上げる。

「それよりも、まずは水だ。このままでは、本当に干涸びてしまう」

からっと晴れた青空から、さんさんと輝く太陽が僕らを見下ろしていた。

じりじりと肌を焼く直射日光は強烈で、痛いくらいだ。

「このまま水なしでは、１日と持たないぞ」

「確かに……気温も高いですし、すぐに脱水症状を起こしちゃいそうですね」

僕が言うと、皆が不安そうな表情で頷いた。

何とかして救助を呼ばないといけないのは当然として、救助が来るまでの間をどうにかして凌《しの》がなければならない。

川とか湧き水とかが見つかればいいのだけれど。

「ああ、かなり危険な状況だ。とりあえず、日陰に移動しないか？」

年配の男性が森を指差す。

それがいい、と皆が頷いた。

「お兄さん、立てる？　怪我《けが》とかないか？」

「はい、大丈夫です。ありがとうございます」

チャラ男が差し伸べてくれた手を、僕はしっかりと握って立ち上がる。

こういう人がふと優しい気遣いを見せると、どうして普通の風貌の人に親切にされた時より優しく感じてしまうのだろう。

ぞろぞろと、森へと向かって皆で歩き出す中、チャラ男が自己紹介をしてくれた。

「俺のことは、ホストって呼んでくれ」

「えっ、ホスト？」

小首を傾《かし》げる僕に、チャラ男改めホストさんがにっと笑う。

「ああ。皆であだ名を付けあったんだよ。皆、苗字《みょうじ》が似たような感じで、呼びにくくってさ。俺は元ホストだから、ホストってわけ」

「ほんと、笑っちゃうよね。ホスト君は茂木《もき》でしょ。そっちの彼は卯月《うづき》で、沖《おき》、比企《ひき》、鈴木《すずき》」

ギャルが、ホストさん、黒縁眼鏡さん、根暗君、太めさん、年配さんと順に指差す。

「それで、私は楠木《くすき》だもん。みーんな最後に『き』が付くから、まぎらわしくって」

「それであだ名ですか」

なるほど、それなら苗字で呼ぶよりも、あだ名のほうが分かりやすいな。

「ま、そういうわけだ。俺のことは撮り鉄って呼んでくれ。普段からあちこち出かけて、鉄道写真を撮ってる。そのまんまのあだ名だろ？」

首にフィルム入りの防水ポーチと高そうなカメラを下げた黒縁眼鏡の彼が、自己紹介する。

「で、そっちの白いのは『むっくん』だ。趣味とか仕事であだ名を決めてたんだけど、彼は特にないらしくてさ。無口だからってんで、『姫ちゃん』が付けたんだよ」

撮り鉄さんが根暗君を見る。

彼は暗い顔で、じっと黙ったままだ。

「な、なるほど……ええと、姫ちゃんはどうしてそんなあだ名なんです？　プリンセスなんですか？」

「あはは、そんなわけないでしょ。名前が姫子《ひめこ》だからだよ」

僕のとぼけた質問に、姫ちゃんが笑う。

「普段はパパ活ばっかりしてるんだけど、さすがに『パパ子』とか『パパ活ちゃん』ってのはアレでしょ？　だから、いつも呼ばれてるあだ名にしてもらったんだ」

「そ、そうですか」

ややや引き気味になってしまった僕に、姫ちゃんが「あっ」と声を上げた。

「違う違う！　パパ活っていっても、ウリはしてないかんね？　島のおじいやおばあたちのために、老人ホームを作りたくてやってるだけだから」

「老人ホーム？」

オウム返しする僕に、姫ちゃんがにこりと笑う。

「うん！　ちっちゃい頃から世話をしてくれたおじいやおばあたちに、恩返しがしたいの。皆が楽しく暮らせる場所を作れたらって思ってさ」

老人ホーム建設の資金集めのためにパパ活をしているとは、何ともぶっとんだ発想と行動をする娘だな……。

「で、そこのダンディなおじさまが『助教授さん』。鹿児島の大学で准教授をしてるんだって。准教授さんだとなんか呼びにくいから、助教授さんって呼ぶことにしたの」

「よろしくな」

「はい。よろしくお願いします」

　助教授さんが差し出してきた手を握り、しっかりと握手した。

「最後は俺だな。俺のことは『デブ』って呼んでくれ」

「デ……え？」

　啞然《あぜん》とする僕に、デブさんが苦笑する。

「いや、蔑称ってわけじゃないんだ。俺、食レポ系ユーチューバーをやっててさ。そのチャンネル名がデブなんだよ」

「ああ、なるほど。びっくりした……」

　かなり突飛なあだ名だけど、分かりやすいといえば分かりやすいか。

　そういえば、今までユーチューバーなんて会ったことなかったな。

「もしかして、デブさんって有名なユーチューバーだったりするんですか？　僕、そういうのに疎くて」

「いやいや、チャンネル登録者数15人の底辺だよ。普通の食レポやってるんだけど、全然伸びなくてさ」

　デブさんがため息をつく。

「このままじゃダメだと思って、『沖縄で獲《と》った魚だけ食べて1カ月生活』っていう企画をやろうと思ってさ。沖縄に来て銛《もり》を持って海に飛び込んだんだけど、離岸流《りがんりゅう》っていうのかな？ それに流されちゃって、気が付いたらここに倒れてて。んで、他の皆と同じように、助教授さんに助けてもらったってわけ」

「なるほど……」

ユーチューバーと聞くと好きなことやって遊んで稼いでるみたいなイメージを持っていたけど、なかなか大変なんだな。

あれこれ過激なことをして目立とうとする人がいるってことが社会問題化してるともテレビで見たことがあるし、成功するために皆必死なんだろう。

「それで、兄さんのことは何て呼べばいい？ 一応、名前も聞いておこうかな」

「僕は保木健人《ほきけんと》っていいます。保健の保に木苺の木で保木です。皆と同じで、『き』が苗字の最後に付いて、名前は健康の健に人って書きま――」

僕が言い終わる前に、突然姫ちゃんが腹を抱えて笑い出した。

「えっ？ ど、どうしたんですか？」

「だ、だって、苗字はともかく、健人って3人目なんだもん」

姫ちゃんが撮り鉄さんと助教授さんを交互に指差す。

2人とも、啞然とした顔をしていた。

こんな偶然ってあるのか。

「偶然ってレベルじゃねえぞ……」

「卯月健人に、保木健人に、鈴木健人か。紛らわしくて敵《かな》わんな」

愕然《がくぜん》とした声を漏らす撮り鉄さんと、苦笑している助教授さん。

僕はともかく、彼ら2人は名前の発音まで似通っていて紛らわしいどころじゃないな。

「ま、まあ、やっぱりあだ名がよさそうだな。趣味とか仕事とか、教えてもらえないか？」

デブさんが僕に聞く。

「は、はい。僕は、会社員をしながら漫画を描いてますね」

僕が答えると、皆が「おお」と興味ありげな顔付きになった。

「へえ、漫画家さんか！」

「もしかして、有名な人⁉　何の雑誌に載ってるの⁉」

デブさんに続いて、姫ちゃんが僕に尋ねてくる。

何だか、勢いがすごい。

「ううん。プロってわけじゃなくて、ただのアマチュアですよ。本も出したことないし」

「あー、そっかー。有名人のお金持ちだったら、私のパパになってもらおうと思ったんだけどなー」

姫ちゃんが残念そうに言う。

いや、そういうのは口に出して言うことじゃないだろ。

「どんな漫画を描いてるんだ？」

撮り鉄さんが聞いてくる。

「えっと……」

僕はどう答えようかと少し考え、別に隠すようなことでもないか、と正直に話すことにした。

「リザードマンっていう種族の主人公が、日本の一般企業で会社員をしている姿を描いた日常系のお話です。ツイッターで投稿してて――」

「ん？　リザードマンが会社員って……もしかして、グレートリザードマン3世さんですか⁉」

「え⁉」

突然、ホストさんにペンネームで呼ばれ、びっくりして目を丸くする。

「そ、そうですけど、どうして分かったんですか？」

「俺、ち○こびんびん丸です！　いつも漫画、ツイッターで楽しく読ませてもらってます！」

「ち○こびんびん丸さん⁉」

なんということだ。

まさか彼が、いつもツイッターで温かい感想をくれるびんびん丸さんだったとは。

「ひ、ひっどいハンドルネームだね……」

「ずいぶんと奇天烈《きてれつ》な名前だな」

ヒキ気味の姫ちゃんと、苦笑いの助教授さん。

僕も初めてびんびん丸さんのハンドルネームを見た時は笑ったけど、印象に残るし結構いいセンスしてると思う。

「てことはさ、2人は知り合いなの？」

姫ちゃんの問いに、びんびん丸、もとい、ホストさんが笑顔で頷く。

「そそ！　つっても、ツイッター上でしかやり取りしたことはないけどさ！　グレートリザードマン3世さんの描いてる『企業戦士リザードマン』シリーズが大好きで、いつも読んでるんだ。すげえ面白いんだぞ！」

興奮した様子のホストさん。

こうして面と向かって褒められると、なんともこそばゆいというか、気恥ずかしいというか。

「なんかさ、あの漫画を読んでると、俺も頑張らなきゃなって気持ちになるんだよ。グレートリザードマン3世さん、いつも楽しい漫画を読ませてくれて、本当にありがとうございます！」

「そ、そんな。僕のほうこそ、いつもびんびん丸さんのコメントで元気を貰ってますよ。ありがとうございます」

「はー。なんていうか、人間どこでどんな出会いがあるか分からないもんだなぁ」

撮り鉄さんが感心する。

「んじゃ、グレートリザードマン3世っていうのはさすがに長いから、漫画家さんって呼ばせてもらってもいいかな？」

「はい。それでいいですよ」

「決まりだな。それと、お互いタメ語にしないか？　敬語のほうが話しやすいっていうんなら、それでもいいけどさ」

「あ、うん。じゃあ、そうさせてもらおうかな」

僕が答えると、撮り鉄さんはにっと微笑《ほほえ》んだ。

そうしているうちに森に到着し、僕らは木陰で一息つくことにした。

皆が、木の根っこやら地べたやらに腰を下ろす。

「日向《ひなた》よりはだいぶマシだけど、あっちいなぁ。汗が止まんないよ」

デブさんが滝のような汗を流しながら、荒い息を吐く。

他の皆も似たり寄ったりで、全身汗だくだ。

気温が高いうえに湿度がものすごく、じっとしているだけでも汗が噴き出てくる。

「ううむ、日陰でもこの暑さとはな……何とかして、水を探さねば」

助教授さんがハンカチで額の汗を拭う。

「さっきも言ったが、救助を呼ぶよりもまずは水だ。皆で手分けして、島の中を探すというのはどうだろう？」

「僕もそれがいいと思います。今はまだ汗が出てるからいいけど、これが汗を掻かなくなったらいよいよ脱水症状で意識消失とかになったりしますよね。急がないと危ないです」

僕の言葉に、皆が真面目な顔で頷いた。

さっきまでは笑い合っていたけど、状況はかなり深刻だ。

なんとしてでも、水を手に入れなければ。

「それじゃあ、3人と4人の2チームに分かれることにしよう。あまり細かく分けても、何かあったら危険だしな」

「ですね。グーパーで分ければいいですかね？」

「そうだな。そうしようか」

そうして僕らは、「グーパーで分かれっこ」とチーム分けを行ったのだった。

＊＊＊

「ちょ、ちょっと待って……ごめん、休憩させて……」

右手に砂浜を望みながら木々の間を歩いてしばらくすると、姫ちゃんが疲れた声を漏らした。

「足がふらついちゃって、もう歩けない……ほんとごめん」

そう言って、姫ちゃんはその場にしゃがみ込んでしまった。

肩で息をしていて、かなりつらそうだ。

「まずいな……脱水症状か？」

先頭を歩いていたデブさんが戻って来て、姫ちゃんの前でしゃがみ込む。

僕とむっくんも足を止め、姫ちゃんの傍《そば》に集まった。

「ち、違うの……朝ご飯食べてなくて、お腹《なか》が減っちゃって……」

「む、ハラペコなのか。そう言えば、俺も腹減ったなぁ……」

デブさんが自分のお腹を摩る。

「僕たち、この島に来てから何も食べてないもんね……水もそうだけど、食べ物も何とかしないと」

「……でも、食べられるものなんて何もないでしょ」

むっくんがぼそりと言い、周囲を見渡す。

「いや、あると思うぞ。ちょいと暑いけど、波打ち際まで行ってみようぜ」

デブさんはそう言うと、太陽が照り付ける砂浜へと歩いて行った。

「え？ 波打ち際って、魚でも捕まえるつもり？」

「いやいや、道具なしに捕まえるなんて無理だよ。まあ、来てみろって」

振り返りもせずに、海へと歩いていくデブさん。

「う、うん。姫ちゃん、立てる？ むっくん、そっち支えて」

「……はあ」

むっくんがため息をつきながらも、姫ちゃんを支える。

「ほんとごめんね……うう、こんなことになるなら、ダイエットなんてするんじゃなかったなぁ」

フラフラな姫ちゃんを両脇から支えながら、僕らはデブさんの後を追う。

デブさんは波打ち際にある小さな岩場に歩み寄っていた。

「いたいた。フジツボ見っけ」

デブさんが石を拾い、がんがんと岩肌にへばりついているフジツボを叩く。

僕らも彼の傍に歩み寄り、その手元を覗《のぞ》き込む。

バキッ、と音がして、フジツボが1つ、岩から剝がれ落ちる。

デブさんはそれを拾い、岩の上に置いて石で殻を叩き割った。

足元の海水で洗い、姫ちゃんに差し出す。

「食ってみ。美味《うま》いぞ」

「えっ……フジツボって、食べられるの？」

「もちろん。刺身でも食えるんだ。買うと高いんだぞ」

「うぅ、何かヌメヌメしてそう……」

姫ちゃんが嫌そうな顔で、デブさんが差し出すフジツボを見る。

確かに、白くてうねうねした形状のそれは、少し気持ち悪い見た目だ。

「見た目は悪いけど、本当に美味いんだって。騙《だま》されたと思って食べてみ？」

「……うん」

姫ちゃんがおっかなびっくりといった様子で、フジツボを受け取る。

「硬い部分は剝がれた岩だから、それを摘《つ》まんで前歯で身を嚙《か》み切って食ってくれ」

「わ、分かった……」

姫ちゃんは数秒フジツボを眺めてから、えいやっ、と口に入れて前歯で嚙み切った。

もぐもぐ、と咀嚼《そしゃく》し、目を見開く。

「……やば！　めっちゃ美味《おい》しい！」

嬉しそうな声を上げる姫ちゃん。

デブさんも、ほっとした様子で笑った。

「だろ？　フジツボって高級食材でさ。確か、殻付きで1キロ5千円くらいするんだよ」

「たっか⁉　そんなにするの⁉　ならもっとちょうだい！」

値段を聞き、さらに目を輝かせて手を差し出す姫ちゃん。

「ほら、漫画家さんとむっくんも」

「うん、ありがとう」

「…………」

僕もフジツボを貰い、食べてみる。

コリコリプチプチした食感と、ほんのり塩味が口に広がってかなり美味しい。

「本当だ！　これは美味しい！」

「むっくんもどうだ？　美味いだろ？」

「……うん」

むっくんがこくりと頷く。

「塩茹《ゆ》でにして食べると、もっと美味いぞ。生でも十分美味いけどな」

「へえ、全然知らなかったよ。さすが食レポ系ユーチューバーだね！」

「はは、ありがとさん」

僕の称賛に、デブさんが少し照れたように笑う。

「さて、姫ちゃんも元気出してくれたようだし、水探しに戻ろうか」

「そうだね。フジツボを食べたら、何だか唾液が出て少し楽になったし。僕も元気出たよ」

「そりゃよかった。元気を使い切る前に、水を見つけなきゃな」

そうして、僕たちは再び水を探しに森へと戻ったのだった。

＊＊＊

ざくざくと草と落ち葉を踏みしめながら、森の中を進む。

少し前まではあれこれ話しながら歩いていた姫ちゃんも、今は荒い息を吐きながら黙々と歩いていた。

完全にバテている様子だ。

「……これは、ダメか」

行く手の木々の間から白い砂浜が覗いた時、デブさんの疲れた声が微《かす》かに聞こえた。

僕らのチームと助教授さんたちのチームは、反対方向に出発して島の端の砂浜で落ち合う予定となっていた。

なるべく広範囲を探せるようにと、10メートルほど横に広がって森の中を進んでいたが、川も湧き水もまったく見つからない。

皆、沈鬱な表情で森の切れ目に集合する。

「もう、無理……喉カラカラ……」

姫ちゃんが木に片手をつき、ぜいぜいと息を吐く。

僕も何も言えず、はあはあと息を吐きながら、呆然《ぼうぜん》と立ちすくんでしまった。

これは本当に死ぬんじゃないか、といった考えが頭をよぎり、恐怖がどっと押し寄せる。

喉が渇いて死んでしまうって、どんな感覚なんだろうか。

「おーい！」

僕らが呆然としていると、左方向の砂浜から声が響いた。

見てみると、ホストさんが手を振りながら歩み寄って来ていた。

なぜか、頭にヘルメットのようなものを被っている。

「み、水……あったぞ……」

「「「えっ⁉」」」

思いがけぬ言葉に、僕たちの驚いた声が重なる。

「ほ、本当⁉　どこ⁉　どこにあるの⁉」

姫ちゃんがホストさんに駆け寄って摑みかかる。

「お、丘の上の廃墟にあったんだ……でも、飲めないんだ……」

「はあ⁉　飲めないってどういうこと⁉　水があったんでしょ⁉」

姫ちゃんがホストさんの肩を摑んで、ガクガクと前後に揺らす。

ホストさんの顔が、まるであかべこのように上下する。

「じょ、助教授さんが……ぐええ」

「ちょっ、姫ちゃん！　落ち着いて！」

「ホスト君、白目剝《む》いてるぞ！　放せって！」

「あっ⁉　ご、ごめん！」

姫ちゃんが慌ててホストさんから離れる。

ホストさんは、その場にばたんと倒れ込んだ。

「きゃあっ⁉　ほんとごめんって！　大丈夫⁉」

「ホストさん、しっかりして！」

白目を剝くホストさんの頰をペシペシと叩く。

何度か叩いていると、彼ははっとした様子で目を開いた。

「お、おお？　あれ、漫画家さん？　俺、銭湯で瓶牛乳を一気飲みしてたはずなんですけど」

「残念だけど、ここは無人島だよ。ホストさん、白目剝いてたよ？　本当に大丈夫？」

「む、無人島？　てことは、夢だったのか……はあ」

ホストさんが身を起こし、ため息をつく。

「水が見つかったって言ってたけど、どこにあったの？」

「あ、そうだった。山の中の廃墟っす。床の窪《くぼ》みに雨水が溜《た》まってたんですけど、助教授さんがこのまま飲んだら危ないから沸かさないとダメだって」

「でも、沸かせば飲めるってことだよね⁉　やったじゃん！　超お手柄だよ！」

姫ちゃんが弾《はじ》けるような笑顔で、ホストさんの肩をバシバシと叩く。

姫ちゃん、滅茶苦茶《めちゃくちゃ》元気だな……。

「痛《いて》えからやめろって……でも、誰もライターなんて持ってないし、火がおこせないんだよ。今、助教授さんと撮り鉄さんが棒切れでキリモミ式？　ってやつで頑張ってるけど、どうだかなぁ……」

「まあ、そういうことなら俺たちもその廃墟に行こうぜ」

デブさんの一声に、僕らは立ち上がった。

「あっ、ちょっと待ってくれ。その前に、これを洗わないといけないいんだよ」

ホストさんがヘルメットを脱ぐ。

それは赤茶色に錆《さ》びていて、どうやら鉄製のようだ。

正面に星のマークが1つ付いている。

「あ、もしかして、それを鍋代わりにしようっていうの？」

「さっすが漫画家さん、ご名答っす！　廃墟で見つけたんですけど、錆びちゃってるんで、海で洗って来いって言われて。ちょっと行ってきます！」

ホストさんはそう言うと、海へと駆けて行った。

＊＊＊

ヘルメットを洗って戻ってきたホストさんを先頭に、件の廃墟へと向かって森を歩く。

水があると聞いて最初のうちは皆で元気にあれこれ話していたけれど、すぐにヘバって無言になってしまった。

「あっ！　あった！　あの岩場から見えるんだ！」

ヘロヘロになりながら歩いていると、ホストさんが波打ち際の岩場を指差して走り出した。

彼に続いて、僕らも岩場を目指して走り出す。

「ほら、あそこ！」

岩場に着いたホストさんが、山を指差す。

標高数十メートルといった小さな山の中腹あたりに、木々の隙間からコンクリート製のボロボロの建物が見えた。

外壁があちこち欠けていて、まさに廃墟といった様相だ。

「あれか……壁が崩れてるな」

デブさんが感想を漏らす。

あそこに水があるのか。

「むっくん、大丈夫か？　顔色が悪いぞ」

デブさんがむっくんを気遣う。

見ると、むっくんは両膝に手を付いて、ぜいぜいと息を荒くしていた。

「の、喉が渇きすぎて……気持ち悪い……」

「熱中症一歩手前だな……」

「早いとこ、廃墟に行こうよ……もう少しだから、頑張ろう」

僕の意見に皆は頷いて、とぼとぼと廃墟を目指して歩き出した。

「ホスト君は、廃墟から何分くらいで俺たちのとこまで来たんだ？」

森に入ったところで、デブさんがホストさんに尋ねた。

「だいたい10分ってところかなぁ。廃墟に向かってる時は斜面を登ってたから、15分くらいかかったかも」

「そうか。まあ、怪我をしないように気を付けて行こう」

ざくざくと落ち葉や小枝を踏みしめて、僕らは廃墟を目指す。

姫ちゃんはスニーカーを履いているから大丈夫だけど、僕らは裸足なのでかなり危ない。

森の中は小石や小枝だらけで、歩くだけでも一苦労だ。

すぐに斜面に入り、うっそうと草木の生い茂る上り坂を、足元に気を付けながら慎重に進む。

「それにしても暑いなぁ。斜面に入ったら、余計に暑い気がするよ」

デブさんが荒い息を吐き、手で額の汗を拭う。

「だね。まるで蒸し風呂だ」

森の中は風も吹いていないせいか、かなり蒸し暑い。

若干頭痛がするのは、脱水症状が進んでいるからだろうか。

後続は付いてきているのかと、ちらりと振り返る。

10メートルくらい後ろに、姫ちゃんとむっくんがいた。

「むっくん、大丈夫？」

「……平気」

「フラフラじゃん。私の腕に摑まりなよ。引っ張ってあげるから」

「い、いいよ……一人で歩けるから」

むっくんはそう言うが、呼吸は荒く、全身汗だくで、かなりつらそうだ。

「うーん……漫画家さん、ちょっとこっち来て手を貸してくんない？」

「うん」

僕は2人の下へと駆け寄り、うつむくむっくんの顔を覗き込んだ。

やはり、顔色が悪い。

「これはまずいね……僕がおぶるよ。姫ちゃん、手を貸して」

「うん」

「い、いいって……大丈夫だって」

僕がむっくんの前にしゃがみ込んで背を向けると、彼は擦《かす》れるような声で言った。

どう見ても、大丈夫そうじゃない。

「無理しちゃダメだって！　漫画家さん、私が後ろから支えるね」

「うん、お願い。むっくん、ほら」

「…………」

むっくんは少し戸惑った後、おずおずと僕の背におぶさった。

僕もかなり体温が上がっているはずだけど、彼の体はなお熱く感じる。

急いで廃墟にたどり着かねば、危なそうだ。

むっくんは小柄でかなり痩《や》せているので、それほど重くないのが救いだ。

「おーい、大丈夫か？」

「俺らも手を貸そうか？」

斜面の上から、デブさんとホストさんが声をかけてくる。

「いや、こっちは大丈夫だよ。先に行って、水を沸かせてたら持ってきてくれない？」

僕の声に、2人は了解の返事をして斜面を登り始めた。

「漫画家さん、大丈夫？　疲れたらすぐに言ってね。代わるから！」

後ろからむっくんの背中を両手で押しながら、姫ちゃんが言う。

本当に、優しい子だ。

「大丈夫。姫ちゃんが支えてくれてるしさ」

「無理はしちゃダメだかんね？　男だから頑張んなきゃとか、そういうのはナシだよ？」

「はは、ありがと。でも、大丈夫だから」

「むっくん、頑張って！　もう少しで水が飲めるよ！」

「……ほっといて……いいから」

姫ちゃんがあれこれとむっくんに励ましの言葉をかけ続ける。

僕は黙々と足を進め、デブさんたちの後を追った。

＊＊＊

それからかなり時間をかけて、僕らは斜面を登り切った。

目の前にはボロボロのコンクリート製の建物がある。

至る所で中の鉄筋がむき出しになっていて、酷い有様だ。

「つ、着いた……むっくん、下ろすよ？」

僕がしゃがんで手を放すと、むっくんはふらつきながらも何とか立った。

どうやら、大丈夫そうだ。

「あー、よかった！　漫画家さん、むっくん、頑張ったね！　えらいぞ！」

よしよし、と姫ちゃんが僕らの頭を撫《な》でる。

思わず照れてしまう僕とは違い、むっくんは迷惑そうに手で振り払っていた。

「あ、ありがと。でも、姫ちゃんも頑張ったじゃん。疲れてるでしょ？」

「あはは、そうだね。でもまあ、まだ平気だよ！」

むん、と両手を胸の前で握って笑顔を見せる姫ちゃん。

何だかこの子、めちゃくちゃ可愛いぞ。

「でも、この廃墟、ほんっとにボロボロじゃん。デブさんたち戻って来なかったし、水はどうなったんだろね？」

姫ちゃんが廃墟へと入っていく。

出入口とみられる場所には扉はなく、薄暗い室内には乾いた土が広がっていた。

僕たちも彼女に続いて、中へと入る。

中は10畳くらいの広さで、真ん中に小さな水溜まりがあった。

天井には大きな穴が開いていて、どうやらそこから雨が入って水溜まりを作ったようだ。

水溜まりの隣には撮り鉄さんとホストさんが大の字になって倒れており、はあはあと荒い息を吐いている。

その脇では、助教授さんが地面に木の切れ端を置いて手で押さえ、デブさんがその切れ端に棒を当てて両手で必死に回転させていた。

どうやら、キリモミ式で火をおこそうとしているようだ。

「〜〜〜っ！　あああ！　いってえええ！」

デブさんが棒から手を離して叫ぶ。

「参ったな、こんなに難しいものだったとは……」

助教授さんが深いため息をつく。

顔を上げ、僕らを見た。

「上手《うま》くいきませんか？」

「ああ。ごらんのとおり、水を見つけることはできたんだが……このままでは飲めそうになくてな。火をおこそうとしているんだが、どうにも上手くいかないんだ」

「そ、そうですか」

水溜まりに歩み寄り、覗き込む。

水溜まりの大きさは、ちょうど1メートル四方といったところだ。

アメンボが何匹も浮いており、水中には藻が漂っていた。

確かに、このまま飲むのは危ない気もする。

「あーくそ！　水があるのに飲めないってなんだよ！」

大の字になっていた撮り鉄さんが、やるせない声を出す。

「もうダメだ……おしまいだぁ……」

ホストさんが床でうねうねと身をよじらせる。

「このままじゃ干涸びて死んじまうよ……もう、イチかバチかで、この水をそのまま飲むしかねえよ……」

「いやいや、そんなことをして腹を壊したら、それこそ脱水で確実に死ぬぞ。何とかして火をおこすしかない」

「でも、その火がおこせないじゃないっすか……どっちみちこのままじゃ死にますよ……うう」

助教授さんの忠告に、ホストさんが泣きべそをかく。

室内に暗い雰囲気が広がり、ホストさんの嗚咽《おえつ》だけが響いた。

「もうダメだ！　これしかねえ！」

すると突然、ホストさんが立ち上がって海パンを下ろした。

「きゃあああ⁉」

ホストさんの立派なイチモツが、皆の前に曝《さら》け出される。

姫ちゃんは顔を真っ赤にして叫び、顔を逸らした。

「もうおしっこを飲むしかないんだよ！　テレビでおしっこは出したての時だったら無菌だって言ってたし！　死ぬくらいなら、飲むしかねえ！」

「なるほどな……確かに、緊急時には自分の尿を飲むべきという話は聞いたことがあるな」

「まあ、死ぬよりはマシか……」

「でも、貯《た》めて飲むにしても鉄兜《てつかぶと》は1つしかないぞ。後半に飲む人は、他人のおしっこのカクテルを飲む羽目になるな」

助教授さん、デブさん、撮り鉄さんが口々に言う。

「ちょ、ちょっと！　何を真面目に議論してんの!?　私、そんなのマジで無理だかんね!?」

姫ちゃんが顔を手で隠しながら、慌てて止めに入る。

「飲まなきゃ死ぬんだよ！　覚悟を決めろ！」

ホストさんが泣きべそをかきながら叫ぶ。

死なないためには、飲むしかないのか……。

「姫ちゃん、このままだと本当に脱水症状で危ないよ。その、カクテルは確かに嫌だけど、こうなったら飲むしか……」

「漫画家さんまで何言ってんの⁉　そんなに飲みたいなら、あんたたちだけでち○こ咥《くわ》え合って、勝手に飲んでよ！」

「うわ、姫ちゃん頭いいな！　それならカクテルにならないぞ！」

それだ、といった顔のホストさん。

「い、いや、ホスト君。それはさすがに絵面的にも、人としての尊厳的にも厳しいぞ」

「でも、それなら姫ちゃんは鉄兜使えますし！　男は他人のを咥えて飲むことにはなりますけど、カクテルにはなりませんよ！」

「だから、飲まないって言ってるでしょ！　真面目に議論をするな！　それと変なところで優しいのやめろ！　あとち○こしまえ！」

姫ちゃんが顔をますます真っ赤にして捲《まく》し立てる。

「……ねえ。そのカメラを使えば？」

すると、疲れた様子で壁にもたれていたむっくんが、撮り鉄さんの首にかかっているカメラを指差した。

数秒時が止まった後、ホストさん以外の全員が「あっ！」と声を上げた。

「マ、マジか。こんな単純なことに気付かないなんて……」

「あまりにも疲れていて、判断力が低下していたようだな……なんとバカバカしい」

撮り鉄さんと助教授さんが、愕然とした様子でカメラを見つめてため息をつく。

「ま、まあ、気付いたんだからよかったですよ。むっくん、よく気付いたね」

「……普通、気付くと思うけど」

「はあ……ほんとよかった。おしっこ飲むなんて、マジで無理だもん」

「えっ？　えっ？　何だよ？　どういうことなのか説明してくれよ！」

一人だけ何も分かっていないホストさんが喚《わめ》く。

「だから、撮り鉄君のカメラのレンズを使うの」

「レンズ？」

姫ちゃんの説明に、ホストさんが訝《いぶか》しむ。

姫ちゃんは半ば呆《あき》れた様子で口を開いた。

「だーかーら！　レンズを虫メガネにして、お日様の光で火を点《つ》けるの！　小学生の頃に理科で習ったでしょ？」

「ああ！　そういうことか！」

ホストさんがぽんと手を打つ。

「やれやれ……ホスト君。ヘルメットをくれ」

「はい！」

ホストさんが助教授さんにヘルメットを手渡す。

助教授さんはそれをお椀《わん》のようなかたちで床に置くと、ポケットからハンカチを取り出しヘルメットの上に広げて端を押さえる。

「漫画家君、この上から水をかけてくれ。これなら、多少のゴミは濾《こ》せるだろう」

「はい！」

「撮り鉄君は、レンズで火をおこしてくれ。さっきまで擦ってた木屑《きくず》を使えば、簡単に火をおこせるだろう」

「了解！」

撮り鉄さんが外に出て行くと、他の皆もそれに続いた。

僕はヘルメットの外に零《こぼ》れないように注意しながら、両手で掬《すく》った水を少しずつハンカチの上にかける。

「やれやれ、一時はどうなるかと思ったが、水は何とかなりそうだな」

苦笑交じりに言う助教授さん。

「火がおこせたら、それで狼煙《のろし》を上げるとして……後は食べ物か。これも難しい問題だな」

「あ、食べ物なら大丈夫ですよ」

　僕の言葉に、助教授さんが驚いた顔になる。

「何？　ヤシの実でも見つけたのか？」

「いえ、海辺の岩でフジツボを見つけたんです。生でも食べられるってデブさんが教えてくれて。実際に食べてみたんですけど、かなり美味しかったですよ」

「なるほど、フジツボか。生でも食べられるとは知らなかったな」

「僕もです。デブさん、そういうのに詳しいみたいで頼りになりそうです」

「そういえば、食レポ系ユーチューバーと言ってたな……フジツボはたくさん採《と》れそうなのか？」

「ええ。岩にびっしりへばりついてましたし、探せばきっとたくさん採れますよ」

　そうして僕らが水をゆっくりと濾していると、外から「おおっ！」と歓声が聞こえた。

「煙だ！　煙出てるぞ！」

「頑張って！　もう少しだよ！」

「いや、レンズかざしてるだけだし、頑張りようがないんだけど……」

「……上手くいったみたいだな。さて、とりあえずはこれくらいでいいだろう」

助教授さんがハンカチをはずす。

ヘルメットの8割ほどに、透き通った水が溜まっていた。

水溜まりには、まだたっぷりと水が残っている。

これなら、僕ら7人で飲んでも何日かは持ちそうだ。

「すんごく煙出てるよ！　小枝くべないと！」

「息を吹きかけないと！　早くっ！」

「俺に任せろ！　ふーっ！　……あっちぃ⁉　眉毛焦げてない⁉」

「火が点いたぞ！　水を持ってきてくれ！」

大騒ぎする声に僕らは苦笑し、ヘルメットを抱えて外へと出るのだった。

第2章　生き残るために

「かーっ、美味《うま》い！　今まで飲んだ水のなかで、文句なしに一番美味い！」

ヘルメットの水を飲んだホストさんが、感極まった様子で叫ぶ。

あれから、石で作った即席かまどで水を沸かした。

今は、皆でそれを回し飲みしているところだ。

「すんごくほっとした……お水って、こんなに美味《おい》しいものだったんだねぇ」

「ひとまず、これで乾いて死ぬことはなくなったな」

姫ちゃんと撮り鉄さんが、弛《ゆる》んだ顔で地べたに足を投げ出している。

他の皆も、心底安心した顔でだらけていた。

「それにしても、この建物っていったい何なんですかね？」

ボロボロの廃墟《はいきょ》を見上げて僕が言うと、助教授さんが「ふむ」と唸《うな》った。

「旧日本軍が使っていたものだろう。海岸砲陣地だと思う」

「海岸砲陣地?」

オウム返しに聞く僕に、助教授さんが頷《うなず》く。

「ああ。中に、横長の窓があっただろう? あれはきっと、海岸砲の砲身を出すためのものだ。天井に開いていた穴は、爆撃か何かでできたものだろうな」

「なるほど……となると、水が溜《た》まってた窪《くぼ》みもそれでできたんですかね?」

「おそらくな。それに、鍋代わりにしているこのヘルメットもそうだ。正面に星のマークがあるだろ? 旧日本軍の鉄兜《てつかぶと》には、星のマークが付いていたんだ。この廃墟は旧日本軍のものと見て間違いないな」

助教授さんの説明に、皆が「へー」と声を漏らして廃墟を眺める。

思わぬところで、歴史的建造物に遭遇してしまったな。

「……さて、一息ついたばかりで悪いんだが」

助教授さんが皆を見渡す。

「明るいうちに、もう少し島の中を散策しておかないか? 湧き水や、何か食料になるものを探しておいたほうがいいと思うんだ」

「だなぁ。救助がいつ来るかも分からないし、食べ物を確保しないとまずいよな」

デブさんがお腹《なか》を摩《さす》りながら言う。

「食べ物ならフジツボがあったじゃん」

「いや、さすがにフジツボだけじゃ足りないよ。身がほとんどないし、カロリー不足だって」

「フジツボ？　何だそれ？」

姫ちゃんとデブさんの会話に、ホストさんが小首を傾《かし》げる。

「海岸の岩にへばりついてる貝だよ。生でも食えて、結構美味いんだ」

「へえ、貝か！　たくさん採れるのか？」

「採れることは採れるけど、身がちっちゃくてなぁ。あれで腹いっぱいってのは無理だな」

「なら、せっかく海があるんだし、魚を獲《と》ったりできないかな？」

「どうかなぁ。潮溜まりみたいな場所があればワンチャンあるかもしれないけど。釣り具さえあればな……」

困り顔のデブさん。

確かに、いくら海があるとはいえ、道具がなければ素人の僕らには難しそうだ。

「島を散策すれば、もしかしたらヤシの実とか木の実が見つかるかもしれない。それに、この廃墟の水は、もって数日だ」

助教授さんの意見に、皆が頷く。

皆、一旦は元気を取り戻したが、救助が来るまで何日かかるか分からない状況だ。まだ体力が残っているうちに、生き残るための行動をしなければ。

「ですね。またチーム分けして、あちこち探してみましょうか」

「ああ、それがいいだろう。3チームに分かれて、日が暮れる前にまたここに集まるということでどうだ?」

僕と助教授さんの言葉に、皆が「賛成」と声を上げた。

＊＊＊

数分後。

僕は撮り鉄さんと2人で、水と食料を探すため森の中を歩いていた。

あれから「グーチョキパーで分かれっこ」をして、僕と撮り鉄さん、デブさんとホストさん、姫ちゃんとむっくん、という3チームに分かれた。

助教授さんは、火の番をするために留守番だ。

デブさんたちは海岸で食料になりそうなものを探し、姫ちゃんたちは僕らとは反対側の森を散策することになった。

「この暑さ……たまんないなぁ」

ざくざくと森の中を歩きながら、僕は額の汗を手で拭う。

先ほど飲んだ水がすべて汗になってしまうのでは、と思えるほどに汗が出続けていた。

「だなぁ。暑いし腹は減るし……お！」

突然背後から「カシャッ、キュイーン」と音が響いた。

振り返ると、撮り鉄さんが嬉《うれ》しそうな顔でカメラをいじっていた。

「あれ？　そのカメラ、無事だったの？」

「ああ。海水に浸《つ》かっちゃって動かなくなってたんだけど、どういうわけか直ったみたいだ。この暑さで乾いたのかな？」

撮り鉄さんがカメラのファインダー越しに僕を見て、カシャッとシャッターを切る。

キュイーン、と再びカメラから音が響いた。

「はあ、よかった。貯金はたいて買ったってのに、壊れたら洒落《しゃれ》になんないよ」

「そのカメラって、そんなに高いの？」

僕が聞くと、撮り鉄さんは大事そうにカメラを撫《な》でて頷いた。

「ああ、高いよ。壊れたら1カ月寝込むレベルだ」

「そんなに？　幾らだったの？」

「俺が買った時は、確か38万だったかな」

「高っ！　高級品だ！」

驚く僕に、撮り鉄さんが少し照れ臭そうに笑う。

「せっかく撮るならいい写真が撮りたいと思って、あれこれ探してたらこれに行き着いたんだ。俺の宝物だよ」

「そうなんだ。そのポーチに入ってるフィルムって、電車の写真が撮ってあるの？」

「いや、空っぽだよ。カメラに入ってるほうには、沖縄で撮った電車が何枚か入ってるけど」

撮り鉄さんがカメラを放して首から下げる。

「ふうん……電車って、ゆいレールのことだよね？」

沖縄には電車はなく、代わりに「ゆいレール」というモノレールが走っている。

内地で見るような電車と違い、高所に設置されたレールの上を走る、少しハイテクな感じの乗り物だ。

空港から海に向かう途中、シャトルバスの窓から見ることができた。

「うん。ゆいレールが走ってる姿を、いい角度で撮ろうと思ってさ。服を脱いで川に入って、顔が出るギリギリのところで撮影してたら、足が滑って。で、気が付いたらこの島ってわけ」

「ええ……そのまま、海まで流されちゃったってこと？」

かなりトンデモな話に唖然《あぜん》としていると、撮り鉄さんが苦笑した。

「いや、本当なんだって。俺自身も信じられないけど、川から遠路はるばる流されて島まで来ちゃったみたいなんだよ」

「よく生きてたね……っていうか、誰も気付かなかったのかな？」

「ほんと、それだよ。生きてるってことは顔が水面から出てたはずだし、結構目立つ浮き方して流されたと思うんだよな……想像すると、笑っちゃうけどさ」

仰向《あおむ》けになって川を流されていく撮り鉄さんを想像して、思わず笑ってしまった。

服を脱いで川に入ったということは、畳んだ服や靴が今も川べりに置いてあるのだろうか。

しかし、そこまでしていい写真を撮ろうとするとは、撮り鉄魂の神髄を見た気がするな。

「ま、これも何かの縁だ。せっかくカメラも生き返ったことだし、ここにいる間は皆の様子を撮って思い出に残そうかな」

「じゃあ、撮った写真が見れるように、頑張って生き抜かないとね」

「まったくだ。せっかく漫画みたいな展開で生き残ったってのに、無人島で死ぬわけには……ん？」

その時、撮り鉄さんがふと足を止めた。

「どうしたの？」

「あれ、カボチャじゃないか？」

「えっ⁉」

撮り鉄さんの視線を追うと、うっそうと茂る草むらの中に、濃い緑色のカボチャの頭が点々と覗《のぞ》いていた。

「うわ、本当だ。何でこんなところにカボチャがあるんだろ」

2人で一番近いカボチャに歩み寄り、しげしげと眺める。

少々いびつで小ぶりだが、どこからどう見てもカボチャだ。

「これはあれだ、この島にいた旧日本軍が栽培してたものかもな」

「ああ、なるほど。島で自給するために畑を作ってたのか」

昔、何かの書籍で読んだ記憶では、旧日本軍は酷《ひど》い食料不足に悩まされていたらしい。

補給が当てにできない状況で、少しでも自給自足するために、カボチャやサツマイモを栽培していたとのことだ。

カボチャもサツマイモも栽培が簡単なうえに葉もたくさん茂るので、敵の偵察機からも畑があるとバレにくい。

そんな理由で、あちこちの部隊で栽培されていたとのことだった。

「畑があるってことは、井戸もあるんじゃないか？」

「あっ、確かに！　探してみよう！」

雑草とカボチャの葉をかき分けて、必死になって井戸を探す。

しかし、探せど探せど、井戸は見つからない。

汗だくになりながら探し続けるも、こりゃダメだ、と諦めた。

「ダメだ、見つからねえよ」

はあはあと肩で息をしながら、撮り鉄さんがへばった声を出す。

「そうだね……とりあえず、このカボチャをいくつか持って帰ろう。立派な食料だよ」

「そうするか。これだけあれば、しばらくは持ちそうだな」

適当な石を拾い、蔓《つる》を切って互いに1つずつカボチャを持つ。

小ぶりだけど、ずっしりとした重みがとても頼もしい。

これで、食料はフジツボに加えてカボチャが手に入った。

幸先《さいさき》のいい出だしに、思わず頬が緩む。

「ここがカボチャ畑なら、どこかに他の野菜もあるかもしれないぞ。探してみようぜ」

「でも、そろそろ戻ったほうがよくないかな？」

僕の意見に、撮り鉄さんが空を見上げる。

木々の隙間から見える空は、鮮やかなオレンジ色になっていた。

井戸を探してうろうろしている間に、かなり時間が経《た》ってしまったようだ。

「うわ、本当だ。森の中で真っ暗なんて洒落にならん。帰ろう、帰ろう」

「うん。カボチャも手に入ったし、今日のところはこれで十分だよ」

「あいつら、これ見たら驚くだろうなぁ」

そうして僕らは、意気揚々と廃墟へと戻るのだった。

＊＊＊

廃墟の前に戻って来ると、すでに皆も戻って来ていた。

皆、火にかけられたヘルメットを囲んで座り込み、がんがんと石で何かを叩《たた》いている。

「ただいま。皆して、何やってんだ？」

撮り鉄さんの声に、助教授さんがこちらを振り向く。

「フジツボの殻を割ってるんだ。デブ君とホスト君がたくさん採って来てくれてな。夕食はフジツボの海鮮スープだ」

「ああ、疲れた。この殻、マジで硬すぎじゃない？　あれ……2人とも、何持ってんの？」

姫ちゃんが手をプラプラさせながら、僕らを見て首を傾げる。

「カボチャだよ。森の中で見つけたんだ」

僕の言葉に、皆が驚いた顔で「おおっ」と声を上げた。

「すごいじゃん！　畑でもあったわけ？」

「うん。たぶん、旧日本軍が作った畑だと思う。野生化したカボチャが、たくさんあったよ」

「畑か。それなら、他の作物もあるんじゃないか？」

助教授さんが、先ほどの僕らと同じことを言う。

「ええ。僕たちもそう思ったんですけど、日が落ちてきちゃったから急いで戻って来たんです」

「そうか。なら、また明日探してみるとしようか」

「なあ。そのカボチャ、どうやって切るんだ？」

ホストさんの一言に、皆が僕らの持つカボチャに目を向けた。

確かに、包丁がなくては皮の硬いカボチャを切ることはできない。

「う－ん……石でどうにかできないかな？　もしくは、岩に叩きつけて割っちゃうとか」

「とりあえず細かくできれば茹《ゆ》でられるし、そこらの岩で割ってみようぜ」

デブさんが立ち上がり、僕のカボチャを受け取る。

近場にあった岩に、両手で、えいやっ、とカボチャを投げつけた。

ゴッ、と鈍い音を響かせてカボチャは大きくバウンドし、ホストさんの頭に直撃した。

「いてえっ⁉」

「よっと！」

ホストさんの頭にぶつかって跳ねたカボチャを、姫ちゃんが素晴らしい反射神経で空中キャッチした。

「こんなに跳ねるなんて、超硬いじゃん。ホスト君、大丈夫？」

「いてて……タンコブできたかも」

「デブさん。これどうしよっか？　割れなくない？」

姫ちゃんがデブさんにカボチャを渡す。

「うーん。落としてダメなら、次は岩の上に置いて、石で叩き割ってみるか」

デブさんがカボチャを受け取り、先ほどの岩に置いて、大きめの石で殴り始めた。

ゴンゴン、と鈍い音が辺りに響く。

「姫ちゃんたちは、森で何か見つかった？」

僕が尋ねると、姫ちゃんは残念そうに首を振った。

「なーんにも。川も湧き水も、なにもなし。でも、アニメの話でめっちゃ盛り上がったよ！　ね、むっくん？」

姫ちゃんがむっくんの肩を、ぽん、と叩く。

「……べ、別に盛り上がってねぇし」

むっくんが姫ちゃんに触れられた肩を気にしながら、顔を赤くして反論する。

「えー？　めっちゃ盛り上がったじゃん。それにさ、むっくんってすごいんだよ！　那覇市のモノレール駅前の、タワマンの最上階に住んでるんだって！　ホームシアターもあるんだよ！」

「えっ、タワマン⁉」

「最上階だって⁉」

驚く僕と撮り鉄さんに、姫ちゃんが大きく頷く。

他の皆も、目を丸くしている。

「しかも、最上階にある部屋、全部一人で借りてるんだって！　超金持ちなの！　すごくない⁉」

「マジかよ……いいなぁ。俺なんて、激安のオンボロアパートにしか住んだことねぇよ……」

大盛り上がりの姫ちゃんと、羨ましがるホストさん。

対するむっくんは、仏頂面だ。

それにしても、彼がそこまでの金持ちだったとは驚きだ。

親御さんがお金持ちだったりするのだろうか。

「おっ、割れた！」

その声に目を向けると、デブさんが石でカボチャを2つに割ることに成功していた。

オレンジ色の果肉と、大量の種が覗いている。

「よっしゃ、さっそく煮ようぜ！　俺、水汲《く》んでくる！」

「私も手伝おう」

助教授さんがホストさんに続き、廃墟へと入って行った。

ひとまずは水もあるし、カボチャとフジツボもあるので、数日は乗り越えられそうだ。

一日ゆっくり休んで、明日からまた頑張るとしよう。でも、そう思った矢先――。

「うわ、何だこの羽虫⁉」

「きゃーきゃー！　何これ⁉　急に湧いてきたんだけど⁉」

薄暗がりでカボチャとフジツボを煮ていると、突如として大量の羽虫が襲来した。

ブンブンと不快な羽音を響かせる無数の羽虫が、僕らの顔と体にたかってくる。

デブさんが鍋代わりのヘルメットから飛びのいて跳ね回り、姫ちゃんはきゃーきゃーと喚《わめ》き散らしながら暴れ回る。

僕も含めて、全員が羽虫から逃げ惑う阿鼻叫喚《あびきょうかん》の図になった。

「いてっ！　この虫、刺してきやがった！」

ホストさんが叫ぶ。

刺す、と言われて、姫ちゃんの顔が青ざめた。

「やだやだ！　何とかしてよ！」

「むう、気温が下がって出てきたのかもしれん。皆、海岸に避難しよう！」

「火と食べ物を持っていかないと！　僕はヘルメットを運ぶから、皆は他をお願い！」

「漫画家君、そのまま持つと火傷《やけど》するぞ！　私の上着を使え！」

皆が大慌てで手近にあった枝に火を移し、走り出す。

真っ暗闇の森の中、ぎゃーぎゃー騒ぎながら転げるようにして海岸まで走り抜けた。

砂浜へと飛び出し、全員がその場にへたり込む。

「な、何とか撒《ま》いたか？」

ホストさんが息を切らせながら、森へと目を向ける。

ブンブンとしつこく僕らに纏《まと》わりついていた羽虫たちは、どうやら追ってきていないようだ。

砂浜にはそよそよと風が吹いていて、全力で走って火照った体に気持ちがいい。

「すごい大群だったな……姫ちゃん、大丈夫か？」

「あー、もう最悪。めっちゃ刺されたし」

デブさんの問いかけに、姫ちゃんが舌打ちして答える。

それでも姫ちゃんはTシャツを着ていたおかげか、比較的被害は少なそうだ。

それに引き換え、海パン一丁の僕は体のあちこちを刺されてしまっていて、そこらじゅうが痛痒《いたがゆ》い。

デブさんや撮り鉄さんも、悪態をつきながら体を掻《か》いている。

「これは、日が落ちてからは森には入れないな。夜は砂浜で過ごしたほうがよさそうだ」

助教授さんが恨めしげに森を見つめる。

「でも、どうして羽虫はここまで追ってこないんだ？」

ホストさんが火のついた枝の束を地面に置く。

他の人が持っていた枝の火は消えてしまっていたので、薪《たきぎ》としてそこにくべた。

ホストさん、あの状況でよく火を消さずに持ってこれたたな。

「今吹いている風のせいじゃないか？　無風じゃないと飛びにくい種類の虫だったの

かもな」

助教授さんの言葉に、皆が「なるほど」と頷く。

真偽のほどは分からないけど、今日はこの場所を寝床にするしかなさそうだ。

「ああ、腹減った。早く飯にしようぜ」

「その前に薪を集めないか？　火が消えたら大変だぞ」

腹を摩るデブさんに、撮り鉄さんが言う。

風があるのと日が落ちたせいで、だいぶ肌寒くなってきた。

この状況で火が消えたら、真っ暗で何もできなくなる。

優先すべきは、食事よりも火の管理だ。

「ああ、それもそうか。俺はここで火が消えないように砂で壁を作るから、皆は枝を集めてくれ」

「えー……また刺されちゃうかもしれないじゃん」

デブさんの指示に、姫ちゃんが心底嫌そうな顔をする。

「姫ちゃん、森の入口辺りで拾えばいいんだよ。少しでも羽虫が出たら、走って逃げよう」

「うう、分かった……」

僕の意見に、姫ちゃんが頷く。

そうして、皆でぞろぞろと森へと向かった。

＊＊＊

「うお、真っ暗だ。よくこんななかを走ってこれたなぁ」

森と砂浜の境目付近で枝を拾いながら、ホストさんが言う。

空には真ん丸の月が浮かんでいるのだが、うっそうと枝葉が覆う森の中は真の闇だ。

「ほんとだ。誰も転ばないで砂浜に出れたのは奇跡だね」

「そうっすね。海で流されたってのに誰一人死んでないし、俺たち、結構運がいいんじゃないっすか？」

ホストさんが明るい顔を僕に向ける。

「食い物も見つかったし、水も何とかなったし、これなら救助が来るまで楽勝っすよ！」

「はは。ホスト君、前向きだな」

枝を拾いながら、撮り鉄さんが笑う。

こんな状況だし、普通なら陰鬱になってしまいそうなものだけど、ホストさんは実に明るい。

彼みたいな性格、見習わないといけないな。

「でも、救助っていつ来るんだろね？　今日一日、船も飛行機も来なかったけど、本当に捜索されてるのかなぁ」

姫ちゃんが海に目を向ける。

ざあっと打ち寄せる波の上には漆黒の夜空が浮かんでいて、キラキラと無数の星が瞬いていた。

「大丈夫だって！　こんなに大人数が行方不明になってんだから、すぐに誰かが気付いてくれるに決まってるって！」

「そのことなんだが……この中で、誰か失踪に気付いてもらえそうな人はいるか？」

助教授さんが、皆に問いかける。

「僕のことは、予約してる民宿の人が気付いてくれるかもしれないです。といっても、チェックインする前に海に出ちゃったんで……海の家のコインロッカーに入れてある荷物に、そこの従業員が気付いてくれて、民宿の人がそのタイミングで電話をかけてくれれば……」

「いなくなったことには友達が気付くと思うけど……無人島に流されてるなんて、誰も思わないんじゃないかな」

姫ちゃんが僕の言葉に続く。

「姫ちゃんは、海で溺れたの？」

「うん。1人で岩場でゴミ拾いしてたら、いきなり高波が来て攫《さら》われちゃったの。んで、あっという間に溺れちゃって、気付いたらこの島に流れ着いてたってわけ。あの時はマジで死んだと思ったよ」

姫ちゃんがため息交じりに言う。

なるほど、だから彼女は普段着姿でスニーカーも履いていたわけか。

「俺は野宿するつもりで石垣島に来たから、たぶん誰も気付いてくれねえな」

「俺は当日にビジネスホテルに飛び込みで泊まるつもりだったからなぁ……」

ホストさん、撮り鉄さんが続けざまに言う。

「そっか……むっくんは？」

「……一人暮らしだから、誰も気付かないと思う」

むっくんが暗い顔でつぶやく。

あれ？　これって、かなりヤバいんじゃないか？

「う、うーん……助教授さんは？」

「……私も宿は取っていない。撮り鉄君と同じように、今夜ビジネスホテルを探すつもりだったんだ」

「……ヤバいですね」

「かなりまずいな……」

わりと絶望的な状況に、皆が黙りこくってしまう。

頼みの綱はデブさんだが、彼はユーチューブに上げる動画の撮影で「沖縄で獲った魚だけ食べて1カ月生活」をするつもりだったと話していた。

企画の趣旨から考えて、1カ月間ホテル暮らしというのは、ちょっと考えにくい。

「ま、まあ、凹《へこ》んでてもしかたねえって！」

暗い空気を察してか、ホストさんが声を上げた。

「流されたっていっても、ここはたぶん沖縄のどこかだろ？　明日になったら狼煙《のろし》とか上げて、近くを通る船に気付いてもらえばいいんだって！」

「狼煙か……」

助教授さんが難しい顔になる。

「ん？　助教授さん、どうしたんすか？」

「狼煙の視認範囲は、せいぜい十数キロだと聞いたことがあってな。上手《うま》く漁船が見つけてくれるかどうか……」

何とも暗い情報に、皆がまた黙りこくる。

十数キロしか見えないんじゃ、船に見つけてもらうにはかなりの幸運が必要な気がする。

「で、でもさ！　やらないよりはマシだって！」

ホストさんが再び明るい声を張り上げる。

「海に流されたのに生き延びた超ラッキーな人間が7人もいるんすよ？　ラッキーパワー、ヤバ谷園っすよ！」

「そだね。凹んでても仕方ないし、死なないようにやれるだけやるしかないよね」

姫ちゃんがにこっとホストさんに笑う。

「……そうだな、すまなかった。悲観していても仕方がない。姫君《くん》の言うように、やれるだけのことはやってみよう」

「砂浜にSOSとか、HELPって書くのはどうですかね？」

僕の提案に、助教授さんが頷く。

「ああ、やってみよう。捜索の飛行機やヘリが見つけてくれるかもしれないからな」

「さすが漫画家さんです！　ナイスアイデアですよ！」

褒めるホストさんに、僕は苦笑した。

「いやいや、それくらい、誰でも思いつくでしょ」

「いやいや、そんなことないですって！　俺、欠片《かけら》も思いつかなかったですよ！」

「あはは。だって、さっきカボチャで頭ぶつけちゃったもんね。脳みそシェイクされちゃって、何も考えられなくなってるんじゃない？」

姫ちゃんがケラケラと笑う。

「そうそう！　そのせいで何も考え付かないんだよ！　撮り鉄さん、ニヤニヤしてないで、俺の代わりに何か案を出してくれよ！」

僕らの話にニヤつきながら枝を拾っていた撮り鉄さんに、ホストさんが話を振る。

「ええ？　いきなりそんなこと言われてもなぁ……」

撮り鉄さんがカメラから顔を上げ、うーん、と考え込む。

「1つの砂浜にだけ文字を書いても、方向によっては見えないかもしれないしさ。いろんなところに書くってのはどうだ？」

「あっ、それ、俺が今言おうとしたやつだ！　撮り鉄さんずりいぞ！」

「おま、アイデアの横取りすんのヘタクソすぎだろ！」

ホストさんを中心に、わいわいと話が盛り上がる。

今の僕らには、暗い空気は不要だ。

「おーい！　そろそろ火が消えそうでヤバいぞ！　早く薪を持ってきてくれ！」

盛り上がる僕らに、デブさんが大声で呼びかけてきた。

それは大変だ、と僕らは慌ててデブさんの下に駆け戻った。

「ほら早く！　消えちまうぞ！」

「うわ、本当だ！」

薪がほとんど燃え尽きて小さくなってしまった焚火《たきび》に、僕は慎重に小枝をくべた。

パチパチと音を立てて、火が勢いを取り戻す。

ふう、と安堵《あんど》のため息を皆が漏らした。

デブさんが作ってくれた砂の壁で風は防げているし、これなら安心だろう。

「やれやれ。遅くなってしまったが、夕食にしようか」

よっこらしょ、と助教授さんが砂の上に座る。

僕らも同じように、その場に腰を下ろした。

「ああ、腹減った。カボチャの煮物なんて、何年ぶりだろ」

ホストさんがヘルメットに手を伸ばし、カボチャの欠片を摘《つ》まみ上げる。

石で無理矢理砕いたせいか、欠片の大きさはバラバラだ。

廃墟から運んだあとは火にかけてはいないので、すでに冷めてしまっている。

「どう？　煮えてる？」

欠片を丸ごと口に放り込んだホストさんに、姫ちゃんが聞く。

「う、うーん。周りは柔らかくなってるけど、皮と中心に火が通りきってないな。ほんのり塩味は利いてるから、美味いんだけどさ」

ホストさんはボリボリと音を立てて咀嚼《そしゃく》し、ごくんと飲み込んだ。

「むう。やっぱ包丁が欲しいところだな。とりあえず、もう一度煮るか」

デブさんが焚火の周りに石を置き、慎重にヘルメットを載せた。

「包丁かぁ。その辺の石を割って、代わりにできないかな？」

「石を刃物代わりなんて、まるで原始人だな」

僕の意見に、デブさんが笑う。

「確かに、今の僕らは原始人とほぼ変わらない状態だよね。7人中5人は半裸だし」

「ほんとだよ。まったく、このヘルメットがなかったら、今頃どうなってたか。考えるだけでも恐ろしいよ」

「うむ。明日は食べ物探しや狼煙を上げることのほかに、道具も調達したいところだな」

　助教授さんが鍋代わりのヘルメットを見つめる。

　火にかけられたヘルメット内のスープが再び煮え始め、グツグツと気泡を出しながらいい香りを立ち上らせた。

「刃物もそうだが、ペットボトルもいくつか欲しい。沸かした水を貯《た》めておけるからな」

「ペットボトルなら、海岸に落ちてましたね」

　言いながら、僕は波打ち際に目を向けた。

　確か、昼間に見た記憶だといくつかペットボトルは落ちていたはずだ。

「ああ。明日になったら、拾えるだけ拾って集めておこう。魚を捕まえるための罠《わな》も作れるからな」

「罠っすか？　ペットボトルでどうやって作るんです？」

　ホストさんが怪訝《けげん》な顔で尋ねる。

「ペットボトルの上の方を切断して、引っ繰り返して嵌《は》めるだけだ。子供の頃やったことないか？」

「いや、そんなやりかた初めて聞きました。漫画家さん、やったことあります？」

「その罠を作って、近所の沼でブルーギルを捕まえたことがあるよ」

「俺もあるぞ」

「私、子供の頃めっちゃやってた！　島のおじいが教えてくれたよ」

デブさん、姫ちゃんが僕に続く。

「むっくんは？　やったことあるでしょ？」

「……ある」

むっくんが答えると、姫ちゃんは「ほら！」とホストさんに目を向けた。

「皆やったことあるって言ってるよ？　ホスト君、ほんとにやったことないわけ？」

「マジかよ……俺、新宿生まれの新宿育ちだから、磯《いそ》とか沼とかで遊んだことなかったなぁ」

「うわ、出たよ。この都会っ子め」

「だな。東京もんはこれだから」

茶化すように言う姫ちゃんとデブさんに、ホストさんは「仕方ないだろ」と不満顔だ。

すると、「カシャッ、キュイーン」とカメラの音が響いた。

撮り鉄さんがファインダーから顔を上げ、にっと笑う。

「いい一枚が撮れた。帰ったら焼き増ししてやるよ」

「ん？　そのカメラ、壊れてなかったのか」

助教授さんが意外そうな顔をする。

「ええ。何かよく分かんないけど直ったみたいで」

「すごいじゃん！　ここで写真いっぱい撮って、帰ってから新聞社に売ったら儲《もう》けられるんじゃない？」

姫ちゃんが瞳を輝かせる。

「そりゃいいな。無人島での遭難の日々、なんつって写真集出せるかもな」

「漫画家さん、撮り鉄さんの撮った写真、漫画の資料になるんじゃないっすか？　企業戦士リザードマンシリーズ、無人島遭難編描いてくださいよ！」

「あはは。それは面白いね。描いてみようかな」

そんな話をして盛り上がり、しばらくしてからようやく夕食にありつけたのだった。

＊＊＊

――……綺麗《きれい》だなぁ。

深夜、僕は焚火の横に座り、1人で満天の星を眺めていた。

真っ暗闇に浮かぶ無数の星々は、思わず見惚《みと》れてしまうほどに美しい。

僕が住んでいる街の夜空とは、まるで別物だ。

——おかしいな。どうしてこんなにワクワクするんだろう。

無人島で遭難という危機的状況にもかかわらず、なぜか僕はとてもワクワクしていた。

今まで生きて来て、間違いなく今日は人生で一番濃密な一日だった。

初めて沖縄にやって来て、いきなり海で溺れて、無人島に漂着して助けられて、水を探して、食料を探して、火をおこして。

これほどまでに「生きるため」に必死になったことが、今まであっただろうか。

「おっと、そろそろ時間だ」

助教授さんから借りた腕時計を見て、僕は立ち上がった。

パチパチと燃える焚火の周りでは、皆が横になって寝息を立てている。

火を絶やすわけにはいかないので、1人1時間、交代で火の番をすることになっていた。

デブさんに歩み寄り、肩を揺する。

「デブさん、時間だよ。起きて」

「んあ……」

デブさんが目を擦りながら、身を起こす。

ふわあ、と大きなあくびをして、ぐっと背伸びをした。

「いてて。体のあちこちがギシギシするよ」

「はは。昼間はいろいろと大変だったからね。僕も体中が筋肉痛だよ」

「やれやれ。こんなことなら、少しは体を鍛えておけばよかったなぁ」

デブさんはそう言って、ぶるっと身を震わせた。

「け、結構寒いな。すっかり冷えちまってる」

「夜になったら、急に冷え込んできたよね。風もあるし、これはちょっとつらいよね」

助教授さんと姫ちゃん以外は全員海パン一丁なので、いくら真夏の沖縄といえども寒さがきつい。

助教授さんは唯一の女性である姫ちゃんを気遣って、毛布代わりに上着を貸してあげていた。

僕らも、何かしらの防寒具が欲しいところだ。

「こりゃあ、明日になったら木を切ってきて小屋を作ったほうがいいな。もし雨が降ったら、凍えちまうよ」

「だね。あの廃墟で眠れればよかったんだけど」

「あの羽虫の群れだけは勘弁だよ。俺、太ってるせいか、やたらと寄って来たし」

デブさんがボリボリと体を掻く。

あちこちに赤い刺し痕が出来ていて、見るからに痒《かゆ》そうだ。

「とにかく、何とかして刃物は手に入れないとな。何をするにも、それからだ」

「枝と蔓と石があれば、斧くらいは作れるんじゃない？」

「はは、寝る前にも言ったけど、まるで原始時代だな。火の番をしながら、ちょっくら試してみるよ。時計、貸してくれ」

手を差し出すデブさんに、時計を渡す。

「そんじゃ、火は任された。漫画家さんも寝なよ」

「うん。お願い」

火をデブさんに任せて、ごろんと砂の上で横になる。

昼間の疲れのせいか、すぐに眠気がやって来た。

——絶対、生きてここから帰ろう。それで、この体験を漫画にするんだ。

心の中で固く誓い、僕は目を閉じた。

＊＊＊

「すんません！　すんません！　うっかりしてたんです！　ほんとすんません！」

無人島遭難2日目の朝。

響き渡る大声に、僕はぱっと目を開いた。

灰色の雲が、空一面を覆っているのが視界一杯に広がっていた。

声の方へと目を向けると、ホストさんが砂地に頭をめり込ませて、皆に土下座していた。

「まあ、やっちゃったもんはしょうがないって」

「そうだぞ。土下座したって、火をおこせるわけじゃないんだから」

「ほら、そんなことしてないで、顔を上げなさい」

姫ちゃん、デブさん、助教授さんが、ホスト君に声をかける。

その隣では撮り鉄さんがカメラのレンズを手に空を見上げ、「こりゃ難しいな」とつぶやいている。

むっくんは暗い顔で、土下座をするホストさんを見つめていた。

「ど、どうしたの？　何があったの？」

「あ、漫画家さん！　すんません！　俺、火の番しながら居眠りしちゃって、火が消えちゃったんです！　マジですんません！」

「えっ、火が？」

火があった場所を見てみると、確かにそこには真っ白な灰があるだけだった。完全に燃え尽きてしまっているようだ。

「そっか……まあ、昨日は大変だったしさ、ホストさんも疲れてたんだよ。仕方ないよ」

「うう、本当に申し訳ないっす……」

「謝らなくていいって。こんな状況だし、誰だって居眠りくらいするよ」

「いや、謝らずにはいられないです……誰も責めてこないのが、逆につらいっす……」

しゅん、と項垂《うなだ》れるホストさん。

そうは言っても、彼を責めても何にもならないし、もし自分が同じ状況になったらと考えると、なおのこと責める気にはなれない。

「あーもー、ウジウジしてんなって！　ほら、気合入れてやっから！」

姫ちゃんがホストさんの背を、ばん、と平手で叩く。

「げふっ!?　いや、でもさ……」

「だーかーら！　消えちゃったもんは仕方ないじゃん！　火なんて、またおこせばいいの！　ホスト君は明るくしてなきゃダメだって！」

「ひ、姫ちゃん……！」

男の僕らよりも男前な台詞《せりふ》を吐く姫ちゃんを、ホストさんが見つめる。

あ、今ホストさん、ときめいたな。

「とはいえ、やはり火は欲しいところだな」

助教授さんが曇り空を見上げる。

「撮り鉄君。こんな天気だが、昨日みたいに火おこしをやってみてくれないか？」

「分かりました。何とかやってみます」

「よし。他の皆は、食料探しをするとしようか」

「あっ、漫画家さんは、刃物作りを手伝ってくれないか？　せめて、カボチャを綺麗に切り分けたくてさ」

デブさんが足元に目を向ける。

昨夜チャレンジしたのか、中途半端に砕けた石がいくつか転がっていた。

どれも、刃物とは程遠い見た目だ。

「うん、いいよ。そしたら、他の皆は海でフジツボ採りってのはどうかな？　あと、砂浜にSOSも書いておいてほしいな」

僕の提案に、皆が了解、と声を上げた。

＊＊＊

「さっきの、ちょっとびっくりしたよ。誰もホストさんを責めないなんてさ」

森の中で石を探しながらそう言うと、デブさんが笑った。

「だな。気のいい連中だとは思ってたけど、この極限状態であそこまでおおらかでいられるってのはすごいことだよな。普通なら、誰かしらホスト君に食ってかかるだろうし」

「デブさんはイラッとしたの？」

「少しな。この状況で火が使えないってのは、正直かなりまずい。下手したら、今日一日水も飲めないいんだぜ？」

確かに彼の言うとおり、火がなければ狼煙も上げられないし水も沸かせない。

命に係《かか》わる大問題だ。

「つっても、ホスト君を責めてもしかたないのはその通りだと思う。でも、姫ちゃんすごかったよな。あそこまで明るく元気づけるってのは、なかなかできるもんじゃないよ」

「だね。彼女、僕なんかよりもよっぽど大人だよ。気遣いできるし明るいし、ほんといい娘《こ》だよね」

「お？ もしかして漫画家さん、姫ちゃんのこと狙ってる？」

デブさんがニヤッとした笑みで僕を見る。

「い、いい娘だなって思うだけだよ。そんなんじゃないって」

「またまた！ 思春期の男子中学生じゃないんだから、恥ずかしがってないで正直に言えって」

「だから、いい娘だなって思うだけだって！」

思わず顔を火照らせると、デブさんは「はいはい」と笑って流した。

正直、そんなこと言われるまで思いもしなかったけど、そう言われると意識してしまう。

姫ちゃんみたいな人が彼女だったら、きっと毎日楽しいだろうな。

「それにしても、こうやって大人数でわいわいやるのって、何だか楽しいな」

デブさんが振り返り、皆を見やる。

波打ち際ではホストさんとむっくんがフジツボを採っているようで、姫ちゃんと助教授さんは砂浜で何やら話し合っている様子だ。

きっと、どんなふうにSOSを書けばいいか相談しているのだろう。

撮り鉄さんは、まだ焚火の跡に屈《かが》み込んでレンズを使って火おこしを試みている。

「俺、いつも1人で動画撮ってたからさ。何だかすごく新鮮だよ」

「誰か友達とか誘ったりはしなかったの？」

「俺、友達いないからさ。ずっと1人でやってるんだ」

デブさんの表情が少し陰る。

「高校を卒業してから、ずっとひきこもりでさ。毎日何もしないで食っちゃ寝してたら、見かねた両親に30万円渡されて、家を追い出されたんだよ。自立できるまで帰って来るなって」

「そ、それはすごい話だね」

思わぬ身の上話に、僕は驚いた。

デブさん、すごく社交的だし、交友関係も広そうに思えたんだけど、まさか元ひきこもりだったとは。

「家を追い出されてから、どうしたの？」

「アパートを親が用意してくれてたから、とりあえずそこで生活することになったんだ。それで、近所のコンビニでしばらくはバイトをしてた」

昔のことを思い出したのか、デブさんが懐かしそうな顔になる。

「毎日、バイトしてはネットで動画を見るだけの生活を半年くらいやってたんだけど、外で働き始めたら、周りの連中がすごく眩《まぶ》しく見えちゃってさ。このままじゃいけないって思って、いつも見てたユーチューバーを真似《まね》して、自分でもやってみようって思ったんだ」

「それは思い切ったね。ユーチューブでは顔出しもしてるの？」

「してるよ。失うものなんて何もないし、近所の人にバレたって別に構わないし」

ツイッターで細々と漫画投稿をしている僕からしてみれば、デブさんのやっていることはすごく勇気のいることに思えた。

顔出しもせず、ハンドルネームで漫画を投稿している僕は、飽きて投稿を止《や》めてしまっても私生活への影響は皆無だ。

顔出しをして動画を投稿しているデブさんは、何かの拍子で知り合いに見つかることもあるだろう。

過去に一度、たった1人の変な人にあれこれ文句をつけられて逃げた僕には、到底真似できないことのように思えた。

「でも、今回沖縄に来たのは本当に正解だったよ。この体験談を動画にしたら、チャンネル登録者数が跳ね上がるかもしれないな」

「あ、それはあるかもね。無事に帰ったらニュースになるだろうし、すごい宣伝効果だね！」

「人に迷惑かけてんじゃねえって叩かれるだろうけどな。でもまあ、これを機に、『遭難系ユーチューバー』を名乗るのも面白いかもしれないな」

「あはは。でも、批判を受けないように考えてやらないとだね」

「だなぁ。批判されないような、何か上手くやる方法はないかなぁ？　遭難系って名乗るのは、さすがにまずいかな……」

そんな話をしながら、いくつかよさそうな石を拾い集めた。

近くにあった岩に、それらを投げつけて叩き割る。

「くそ、全然上手く割れないな」

砕けた石の破片を拾い、デブさんが渋い顔になる。

「うーん。原始人って、どうやって石で刃物を作ってたんだろ？」

僕は首を傾げながら、比較的平べったい手のひらサイズの石を岩に投げつけた。

すると、バキッと音を立てて上手い具合に斜めに割れた。

「おっ！　それ、いいんじゃないか？」

デブさんが石を拾い上げる。

「使えそう？」

「たぶんな。刃の部分もまあまあ幅があるし、包丁代わりに使えそうだ」

「それじゃ、ついでに斧《おの》も作らない？　何だか雲行きが怪しいし、雨風が凌《しの》げる小屋を作ったほうがいいと思うんだけど」

「ああ、そうだな。石で作った斧でも、細めの枝なら切れるかもしれないな。雨が降る前に、何とかしないと」

「うん。こんな格好で雨に降られたら大変……ん⁉」

僕がふと顔を上げると、視界の先で何かが動いた。

「ん？　どうした？」

「な、何か動いた！　ちっちゃいやつ！　動物かも！」

「何だって⁉」

デブさんが僕の視線を追う。

その瞬間、1匹の茶色い毛並みのウサギが、草の間から飛び出して森の奥へと走り去って行った。

「ウサギだ！　今の、ウサギだよな⁉」

「う、うん！」

この島に来てから、初めて見る野生動物だ。

野生のウサギなんて、初めて見た。

「ウサギがいるのか。何とかして捕まえられねえかな……ああ、肉が食いてえ。腹減った……」

デブさんがお腹を摩る。

彼のお腹は同意するように、ぐう、と大きな音を響かせた。

「うーん……猟師は罠でウサギを捕まえるって話は聞いたことあるけど……」

「漫画家さん、その罠の作りかた知ってたりしないのか？」

「蔓をどうにか結んで輪っかを作るっていうのはテレビで見た記憶があるけど……詳しい作りかたまでは分かんないよ」

「そっかぁ。後で、皆に聞いてみよう。誰か知ってるかもしれないし」

「だね。でもまあ、まずは小屋を作らないと。このまま雨が降ったら、廃墟に逃げ込むしかなくなっちゃう」

「それは勘弁だな……羽虫の大群に襲われたら、目も当てられないよ」

そうして僕らは、斧作りに取り掛かったのだった。

＊＊＊

しばらくして、2本の石斧を完成させた僕たちは、砂浜に戻った。

撮り鉄さんの下へとたどり着くと、彼はカメラのレンズを握って険しい顔をしていた。

「よっ！　どうだ、火はおこせそうか？」

「全然ダメだ。やっぱ、直射日光がないと点《つ》きそうもない」

撮り鉄さんがデブさんにそう答え、レンズをカメラに付け直す。

「参ったなぁ。火がないんじゃカボチャを煮れないし、今夜は凍えることになるぞ」

「そっか……まあ、カボチャは生でも食えるし、今からサラダを作るよ」

困り顔の撮り鉄さんに、デブさんが先ほど作った石の包丁を見せる。

「おっ、ずいぶんと上手くできたな」

「たまたま、いい具合に割れてさ。あと、斧も作ったんだぜ」

デブさんが、僕が持つ2本の石斧に目を向ける。

太い枝の先を2つに割いて平べったい石を嵌《は》め込み、蔓で縛った超原始的な石斧だ。

試しに枝を何本か切ってみたところ、時間はかかるものの、手首くらいの太さの枝なら何とか切り落とせた。

「これを使って小屋を作ろうと思うんだ。何だか雨が降りそうだし」

空を見上げる僕に続き、撮り鉄さんとデブさんも空を見る。

今朝起きた時よりも、雲の色は濃くなっていた。

これは、もうしばらくしたら一雨くるかもしれない。

「3人とも、お疲れさん」

そうして話していると、助教授さんと姫ちゃんがガラガラと音を立てながら戻って来た。

姫ちゃんは蔓で口元を結んだ500ミリリットルと2リットルサイズのペットボトルをたくさん引きずっていた。

そして助教授さんはなんと、大きな投網を抱えていた。

「あ、助教授さん、姫ちゃん、お疲れ様です」

「うお、それって投網ですよね？　拾ったんですか？」

デブさんが驚いた顔で、助教授さんの持つ投網を見る。

「ああ。砂浜に打ち上げられていたんだ。だいぶボロボロだけどな」

助教授さんが網を広げる。

確かにそれはボロボロで、あちこち絡まっているうえに、穴だらけだった。

「網としては使えなさそうだが、ほぐせば糸になる。これで釣り竿《ざお》を作れるかもしれないぞ」

「ラッキーですね！　魚を捕まえられれば、一気に食料問題解決ですよ！」

「そうだな。上手くいけばいいんだが……漫画家君たちは、斧を作ったのか？」

助教授さんが、僕の持つ2本の石斧を見る。

「はい。何だか雨が降りそうですし、小屋を作らなきゃって思って」

「石で包丁も何とか作れましたよ。これで、カボチャも切れそうです」

デブさんが石の包丁を助教授さんに差し出す。

助教授さんはそれを受け取り、ふむ、と唸《うな》った。

「これは石英《せきえい》だな。刃物にするにはうってつけの石だ」

「石英？　聞いたことはありますけど、刃物にできるくらい硬いんですか？」

「ああ。古代から刃物として使われてきた鉱物だよ。中学校の歴史の授業で習っただろう？」

「……全然覚えてないです。漫画家さんは？」

「僕もさっぱり覚えてないや……撮り鉄さんは？」

「歴史の授業どころか、中学生活自体の記憶が怪しい」

僕らの言葉に、助教授さんが「おいおい」と苦笑する。

やはり、学者になるような人は子供の頃に受けた授業も覚えているくらい記憶力がいいのだろうか。

僕らのような凡人とは、頭の出来が違いそうだ。

「ところで、あっちの砂浜に文字が書いてありますけど、あれってSOSじゃないですよね？」

デブさんが少し離れた場所の砂浜に目を向ける。

その視線を追うと、そこには砂を掻いて大きく文字が書かれているようだった。

「何かひらがなっぽいですけど、何て書いてあるんです？」

「いや、それがだな……」

助教授さんが苦笑しながら、姫ちゃんを見る。

「目立つように、おっきく『やばたにえん』って書いておいたよ！　ちょーウケるでしょ！」

「「「なんじゃそりゃ……」」」

同時に呆《あき》れた声を漏らす僕らに、姫ちゃんが「がはは」と豪快に笑う。

救助隊が「やばたにえん」を見つけたとして、それを救難信号と受け取ってくれるんだろうか。

「ま、まあ、その隣にSOSも書いておいたから、おそらく大丈夫だ」

僕らの表情から察してか、助教授さんが付け加える。

「他にも、島を一回りしていくつもSOSを書いておいた。あれなら目立つだろう」

やばたにえんは書いていないぞ、と助教授さんが補足する。

「そ、そうですか。砂を掘って書いたんですか？」

デブさんが聞く。

「ああ。本当は木や石を並べて書きたかったんだが、ペットボトル集めもしないといけなかったからな。また明日にでも、木や石を使って書き直そうと思う」

「今度から、水を沸かしたらペットボトルに入れておこうって話になってさ。たっくさん拾ってきたんだ」

ほれ、と姫ちゃんが蔓に縛り付けられたペットボトルを掲げて見せる。

500ミリリットルや2リットルのものが、合計で20本以上はありそうだ。

「あとさ、これ見つけたんだけど、撮り鉄さん使う?」

姫ちゃんが短パンの尻ポケットから、長方形の黒い物体を取り出して撮り鉄さんに差し出した。

「ん? 何だそれ?」

「メガネケース。砂浜に打ち上げられてたの」

「うわ、マジか! そりゃありがたい!」

撮り鉄さんがメガネケースを受け取り、パカッと開く。

開閉部がマグネットになっているようだ。

「寝る時はメガネを地べたに置きっぱなしにしてたからさ。砂で傷ついちまいそうで心配だったんだよ。ありがとな!」

「ふふ、よかった。で、火は……やっぱ無理そう?」

「全然ダメだ。お日様が出てないと、おこせそうもない」

「そっか……また、キリモミ式だっけ？　あれでやってみるのはどう？」

「うーん……昨日あれだけやっても無理だったからなぁ。上手くいくとは——」

「おーい！　フジツボ、たくさん採って来たぞ！」

そこに、ホストさんとむっくんが戻って来た。

フジツボが山盛りになったヘルメットを持っているむっくんに対して、ホストさんはなぜか手に布袋を持っている。

そして、どういうわけか海パンを穿《は》いておらず、ホストさんの本体が丸見えだった。

「きゃあああ⁉」

「うお⁉　ホスト君、何でパンツ穿いてないんだ⁉」

「いや、フジツボを運ぶのに、ヘルメットだけじゃ足りなくてさ。海パンを袋代わりにすることを思いついたんだ。ナイスアイデアだろ？」

ぎょっとして問いかける撮り鉄さんに、ホストさんが満面の笑みで答える。

姫ちゃんはいつぞやのように、顔を赤くして後ろを向いていた。

「マジでいい加減にしてよ！　何回見せつければ気が済むわけ⁉」

「と、とりあえず海パンを穿きなさい。女性の前だぞ」

姫ちゃんが怒鳴り、助教授さんがホストさんを窘《たしな》める。

「そんな細かいこといいじゃん。今は生きるか死ぬかだぜ？」

「いや、デリカシーというものがだな……」

「ほんとだよ！　さっさとしまってよ！」

「まあ、いいじゃんか。こんだけあれば、けっこう腹の足しになるぜ！」

ホストさんは誇らしげに、フジツボ入りの海パンを掲げて見せた。

これから、あのフジツボを食べるのか……。

「ま、まあ、とりあえずフジツボの殻を割ろうか。身は海でよく洗ってから食べるとしよう」

「あ、助教授さん、大丈夫っすよ。フジツボを入れる前に、ちゃんと海で海パン洗いましたから！」

「いや、気分的にちょっとな……」

「ホスト君、いい加減海パン穿《や》きなよ……」

「次からはその方法は止めてくんないか。食欲が失《う》せちまうよ……」

「ホスト君のイチモツと間接キスはキツいな……」

助教授さんに続き、僕、デブさん、撮り鉄さんが言う。

「ええ？　皆、どうでもいいこと気にすんだなぁ」

「さっさと！　パンツを！　穿け！」

「わ、分かったよ……」

ホストさんは少し凹みながら、フジツボを地面に落として海パンを装備した。

でも、何だか面白い流れだったし、後で漫画のネタに使わせてもらおうかな。

「そ、それはそうと、さっき漫画家さんが森でウサギを見つけたんだよ」

デブさんがそう言うと、皆が「おお！」と声を上げた。

「すげえじゃん！　どうにかして捕まえようぜ！」

ホストさんが瞳を輝かせる。

「だよな。でも、とてもじゃないけど追いかけても捕まえられそうにないし、罠を作るしかないと思うんだよ。誰か作りかたを知ってたりしないか？」

「罠かぁ。落とし穴とかか？」

「それもいいけど、蔓で作った輪っかで捕まえる罠を、漫画家さんがテレビで見たことがあるらしいんだ。それで、誰か詳しい人はいないかなって思ってさ」

デブさんが皆を見る。

「私も、以前テレビで見たことがあるな。輪っかの先に餌を置いて、そこに首を突っ込んだ動物を締め上げて捕まえる仕組みだったと思うが」

助教授さんが言う。

僕がテレビで見た罠も、そんな感じの仕組みだった気がする。

「まあ、罠作りは追々考えるとしよう。この天気だと雨が降りそうだし、小屋作りを優先したほうがよさそうだ」

助教授さんが空を見上げる。

空には分厚い雲が広がっていて、遠からず雨が降り出しそうだ。

「食事を済ませたら、何人かで小屋作りをしよう。食料も確保しないといけないから、またチーム分けだな」

助教授さんの言葉に皆が頷く。

雨が降る前に、何とかして小屋を作らねば危険だ。

「んじゃ、とりあえず朝食にしようぜ。フジツボの殻を割らないとな」

ホストさんがしゃがみ込み、フジツボを1つ拾って石で叩き始めた。

皆もそれに倣って、少し遅めの朝食の準備に取り掛かったのだった。

＊＊＊

数十分後。

僕はホストさんと一緒に、森の中を歩いていた。

小屋作りは他の皆に任せて、僕らは畑でカボチャの収穫と他の野菜の探索、それと、廃墟で水汲《く》みをする役割になった。

ホストさんはヘルメットと助教授さんから借りたハンカチを持ち、僕は蔓で結わえた2リットルペットボトルを2本ぶら下げている。

もし雲が晴れて、太陽が姿を見せた時に備えてのことだ。

「ああ、腹減った。フジツボだけじゃ、完全にカロリー不足っすよ」

ざくざくと草葉を踏みしめて歩きながら、ホストさんが疲れた様子を見せる。

「そうだね……見つけた投網で、上手く釣り竿が作れるといいんだけど」

「それもそうっすけど、やっぱウサギですよ！　肉が食えない生活なんて、本当に耐えられないっす」

「ホストさん、肉食なんだ？」

僕が聞くと、ホストさんは激しく頷いた。

「そうなんですよ、バリバリの肉食っす。カボチャだって、食べたの何年ぶりだろ……ああ、肉が恋しい！」

「あはは。それじゃあ、今の状況はつらいね」

「漫画家さんは、普段は何を食ってたんですか？」

「僕は基本的にコンビニ弁当かホカ弁かな。野菜炒めとか、中華丼が多いね」

「うわ、俺だったら絶対にチョイスしないメニューだ」

あれこれと雑談をしながら、森の中を進む。

しばらく歩き、昨日見つけたカボチャ畑に到着した。

うっそうと茂る雑草の間に、いびつなカボチャがいくつも顔を覗かせている。

「おっ、ここっすか！　カボチャ、まだ結構な数が残ってるんですね」

「うん。これだけあれば、何日かは持ちそうだよ。火がないと、調理はできないけど」

手近にある石を拾い、蔓を切ってカボチャを2つ収穫した。

やっぱり小ぶりだけど、贅沢《ぜいたく》は言っていられない。

「それじゃ、他にも野菜がないか探してみよっか。ここが旧日本軍が作った畑なら、もしかしたらサツマイモ畑も近くにあるかもしれないし」

「了解っす。でも、漫画家さん、よくそんなこと知ってますね。歴史が好きなんですか？」

「歴史っていうか、雑学が好きでさ。手当たり次第に読んでた本の中に、そういう話があったんだよ。カボチャやサツマイモだけじゃなくて、スイカも栽培してたらしいよ」

「スイカも？　軍隊って、農業もやるんすね」

ホストさんが驚いた声を出す。

僕も、旧日本軍が出征先でスイカを育てていたという話を読んだ時は驚いたものだ。

「南方の島での話だけどね。生き残るために、野菜を栽培したり貝とか魚を獲《と》ったりしてたらしいよ。農家の人がいない部隊だと、上手く育てられなくて苦労したみたいだけど」

「へえ、そうなんですか。さすが漫画家さん、物知りっすね！」

ホストさんがそう言って、「あ」と声を上げた。

「そういえば、サツマイモの葉っぱって、どういう見た目なんですか？」

「こういう形だよ。ハート形っぽい見た目が特徴だね」

僕は手のひらに、指でサツマイモの葉の形をなぞって見せた。

なるほど、とホストさんが頷き、２人でカボチャ畑の周囲を探して回る。

すると、カボチャが生《な》っている場所から20メートルほど離れた場所に、たくさんの葉をたたえたサツマイモの蔓を発見した。

「あっ、ホストさん、あったよ！　サツマイモだよ！」

「マジっすか！　掘ってみましょう！」

落ちていた枝を拾い、地面を掘ってみる。

やたらと硬い土を何とか掘り進めると、まるでゴボウのような見た目のサツマイモを発見した。

「あったあった。でも、ずいぶんと細いね、これ」

「ヒョロヒョロっすね。誰も世話をしてないからですかね？」

「だね。あと、肥料を与えてないのと、地面が硬いせいもあるかもしれないね」

「なるほど。まあ、せっかくだし、もっと掘ってみますか」

蒸し暑い森の中、顎から汗を滴らせながら必死にサツマイモを掘る。

出てくる芋はどれもこれもゴボウのようで、言われなければサツマイモとは気付かないほどに痩《や》せていた。

とりあえず10本ほど掘ったところで、これでいいかと手を止めた。

ホストさんがサツマイモの蔓を何本か引き抜いて縛り、肩に背負う。

「はあ、それにしても、あっちいなぁ。太陽が出てないってのに、どうしてこんなに暑いんだ？」

ホストさんが恨めしそうに空を見上げる。

枝葉の間から覗く空には、灰色の雲が一面に広がっていた。

「でも、羽虫が出てこないのはありがたいよね。昨日も暗くなってから出て来たし、暑いと羽虫も動けないのかな？」

「あー、それもそうっすね。あの虫だけは、本当に勘弁ですよ」

昨夜のことを思い出して、ホストさんが顔をしかめる。

羽虫に襲われながらだったら、とてもじゃないけどイモ掘りなんて不可能だ。

「サツマイモも見つかったし、廃墟に水を汲みに行こう。雨が降る前に海岸に戻らないと」

「ですね。急ぎましょっか」

収穫したカボチャとサツマイモを携えて、森の中を廃墟へと向かう。

「そういえば、ホストさん、僕の漫画を読んでくれてるって言ってたじゃない？」

「ええ、いつも楽しませてもらってます！　本当に面白くて、俺の生きる糧ですよ！」

ホストさんが笑顔を向けてくる。

嬉しいけど、そこまで言われるとかなり気恥ずかしい。

「ありがと。僕の漫画はどうやって知ったの？」

「ツイッターを見てたら、たまたまリツイートで流れて来たんです。それで、一目見てハマッちゃって……」

ホストさんがそこまで言って、「そういえば」と思い出したように言った。

「漫画家さん、最近はいつもツイートに『リツイート不要』って書いてますよね？あれ、どうしてなんです？」

「ああ、あれは――」

以前、おかしな人に粘着されてあれこれ批判された時のことを話す。

アカウントを削除して作りなおした理由もそれだと説明すると、ホストさんは「なるほど」と頷いた。

「あー、やっぱりアレが原因っすか。あいつ、俺もマジで腹立ちましたよ」

ホストさんがまた顔をしかめる。

「相手にすると余計酷くなるかもって思って何もしなかったんですけど、やっぱり、漫画家さん凹んでたんですね」

「うん。一生懸命描いた漫画を、あんなふうに批判されるとさすがにね……あの漫画は、僕の子供みたいなものだしさ」

「あの時は、力になれなくてすみませんでした。俺もどうしたらいいか分からなくって」

「そんなことないよ。ホストさんが毎回温かい感想をくれたおかげで、描き続けられてるようなものだしさ。アカウントを作りなおした後も探し当ててくれて、本当に嬉しかったよ」

「ありがとうございます！　俺も漫画家さんの漫画が読めて嬉しいっす！」

ホストさんが照れ臭そうに笑う。

ホストさん、本当にいい人だな。

「少しでも気に食わないと攻撃してくるアホが世の中には時々いますけど、漫画家さんの漫画を楽しんでる人の方が絶対多いから、自信持ってください！」

「ありがとう。そう言ってもらえると、本当に嬉しいよ」

「はい！　漫画を読んで楽しんでいても、応援コメント送ったりする人は少ないから、自分の漫画が楽しんでもらえてるのか自信がなくなっちゃうと思うんですけど、何も言わない無言の読者のほうが批判する人より絶対多いですよ!」

　ホストさんが力説する。

「無言の読者は、漫画家さんの漫画を楽しんでますよ! 俺、いつも漫画家さんの企業戦士リザードマンの漫画楽しみにしてるんで、これからも素敵な漫画を描き続けてください!」

「……はは。ありがとう。頑張るよ」

　あまりにも嬉しい言葉に、思わず涙が込み上げてくる。

　僕は笑ってそれを誤魔化し、前を向いて歩き続けた。

　ホストさんはそれからも、今まで読んだ僕の漫画で特にどの話が面白かったとか、知り合いに片っ端から僕の漫画を勧めている、といった嬉しい話をたくさんしてくれた。

　僕は彼の言葉の一つ一つを、心の中で噛《か》み締めた。

＊＊＊

「ひい、ひい……や、やっと着いた……」

「つ、疲れたね……」

しばらく歩き、僕らは廃墟へと到着した。

昨日から今朝にかけてカボチャとフジツボしか食べていないせいか、斜面を登るのはかなり堪《こた》えた。

水もろくに飲んでいないので、喉がカラカラだ。

「早く水を汲んで戻りましょう！　俺、喉がカラカラですよ」

「そうだね。少しでも日が出てくれれば、水が沸かせ……ん？　ホストさん、ちょっと待って」

廃墟に入ろうとするホストさんを引き留める。

「どうしたんすか？」

「あれ、防空壕《ぼうくうごう》かな？」

僕が指差す先に、ホストさんが目を向ける。

20メートルほど離れた斜面の木々の間に、ぽっかりと口を開けた洞窟があった。

昨日ここに来た時は、まったく気付かなかったな。

「何か使えるものがあるかもしれないし、行ってみない？」

「了解っす。行ってみましょっか」

その場にカボチャとサツマイモとヘルメットを置き、洞窟へと向かう。

近くに行ってみると、洞窟の入口の岩肌はつるんとしていて、セメントのようなもので固めてあるように見えた。

「あんまり深くないっすね」

ホストさんが中を覗く。

入口から数メートル先は岩と土で埋まっていて、どうやら崩落してしまっているようだ。

「ほんとだね……あっ！　あれ、一斗缶じゃない⁉」

土砂から半分ほど露出している四角い物体を見つけ、僕は洞窟の中へと入った。

両手で土を掘ってみると、少し凹んで赤茶けてはいるが、それはまさしく一斗缶だった。

ホストさんと協力して、さらに土を掘って一斗缶を引っ張り出す。

錆びてはいるが、穴も開いておらず底も抜けていない。

何が入っていたのかは分からないけど、中身は空っぽのようだ。

「やった！　これ、半分に切れば鍋の代わりになるよ！」

「ですね！　大収穫……あっ！」

喜ぶ僕の傍らで、ホストさんが声を上げた。

「これ、針金ですよ！」

ホストさんが地面から覗いていた針金の束を摑《つか》む。

ぐいっと引っ張り上げると、それは何重にも巻かれた針金の束だった。

かなりの長さがあるようで、肩に下げないと持てないほどだ。

「すげえ！　これ、めっちゃ長いっすよ！　錆《さ》びてもいないですし！」

「ほんとだね！　あっ、釘《くぎ》も落ちてる！」

針金の埋まっていた周囲には錆びた細い釘がいくつも落ちていて、僕らは大喜びでそれらを拾い集めた。

「やっぱ、俺らツイてますね！　海で流されたってのに、だてに生き残ってないっすよ！」

「地獄に仏とはこのことだね！」

そうして、僕らはホクホク顔でそれらを確保し、廃墟へと駆け戻った。

＊＊＊

僕らが海岸に戻ると、砂浜では皆が小屋作りに精を出していた。

石斧で切ったのか、何本もの太く長い枝が砂地に横たわっていて、それらを格子状に重ね合わせ蔓で縛っていた。

「おーい！　大収穫だぞ！」

ホストさんが大きく手を振りながら皆に駆け寄る。

僕もその後に続いた。

「おお、戻って来たか」

助教授さんが腰に手を当て、僕らを見る。

だいぶお疲れのご様子だ。

「ん？　それは針金か？」

「はい！　廃墟の傍に防空壕っぽい洞窟があって、そこで見つけたんですよ！」

ほら、とホストさんが、助教授さんに針金の束と数本の釘を見せる。

皆もそれを見て、おおっ、と嬉しそうな声を上げた。

「すごいじゃねえか！　その針金、錆びてもいないし、いろいろと使えそうだな！」

撮り鉄さんがそう言うと、「……釘は曲げれば、釣り針になるね」とむっくんもぽつりとつぶやいた。

「あっ、そうだね！　釣り竿作れるじゃん！　むっくん、冴《さ》えてる！」

「こ、こんなの、誰でも思いつくだろ！」

姫ちゃんが褒めると、むっくんは照れ臭そうにうつむいた。

むっくん、少しずつだけど、しゃべってくれるようになってきたかな？

「ねえ、漫画家さん、そっちはなに？」

姫ちゃんが、僕が持っているサツマイモの束を指差す。

「サツマイモだよ。カボチャ畑の近くに、サツマイモ畑も見つけたんだ」

「えっ、それがサツマイモ？　めっちゃ細くない？」

「だよね。雑草だらけだったし地面もカチカチだったから、こんなのしか育たなかったんだと思うんだ。野生化してるみたいなものだしね」

「サツマイモか。火があればなぁ」

撮り鉄さんが残念そうに焚火の跡に目を向ける。

そばには短い木の枝が何本か落ちており、どうやらキリモミ式で火おこしにチャレンジしたけど失敗したようだ。

「やっぱ、火おこしは無理そう？」

「ああ。やっぱり、キリモミ式はまるでダメだ。火が点く前に手が壊れちまうよ」

「ほんとごめん！　俺が居眠りしたせいだ……」

しゅんとするホストさんに、撮り鉄さんが「いやいや」と首を振る。

「別に責めてるわけじゃないって。仕方がないさ」

「そうだよ。あれだけ疲れてたら、誰だって居眠りくらいしちゃうよ」

撮り鉄さんと僕がそう言うと、ホストさんはもう一度「ごめんな」と謝った。

「まあ、何とかなるって！　雨が降れば、飲み水はどうにかなりそうだしさ」

姫ちゃんが曇り空を見上げる。

今朝よりも雲の色はかなり濃くなっていて、このままいけば確実に雨が降りそうだ。

「そうだね。水は何とかなりそうだけど……この後はどうするの？」

地面に置かれた格子状に縛られた枝に、僕は目を向けた。

「それに葉っぱの付いた枝をくっつけて、斜めに立てかけるんだって」

こんな感じ、と姫ちゃんが手の平で斜めのTの字を作った。

葉っぱを敷き詰めた枝の格子を、支柱で支える方式の小屋のようだ。

小屋というより、雨を凌ぐための屋根そのものみたいな構造だな。

「うむ。ちょうど骨組みができたところだから、あとは葉の付いた枝を集めるだけだ。漫画家君たちも、手伝ってくれ」

僕とホストさんは頷き、皆と一緒に再び森へと向かった。

＊＊＊

「よっ！　姫ちゃん、これ頼む！」

「うん！」

ホストさんが石斧で枝を切り落とし、姫ちゃんに手渡す。

今朝作った石斧は大活躍で、次々に枝を切り落としている。

使っているうちに刃の部分を縛り付けていた蔓が千切れてしまったが、針金で縛り直すとがっちり固定することができた。

これなら、もう壊れることはなさそうだ。

「いいペースだ。雨が降る前に何とかできそうだぞ」

もう1本の斧で枝を切りながら、助教授さんが言う。

斧は2本しかないので、他のメンバーは切り落とされた枝を運ぶのと、海岸に置いてある格子にそれを結び付けるのを手分けして行っていた。

今は、デブさんと撮り鉄さんが格子に枝を縛り付けている。

「針金が見つかったのは、本当にありがたいな。これさえあれば、船を作ることもできるかもしれん」

「船っすか？」

ホストさんがそう言った時、姫ちゃんが、「痛っ！」と声を上げた。

その場にいた皆が、ぱっと彼女に目を向ける。

姫ちゃんの右手の人差し指から、じわじわと血が滲《にじ》んでいた。

「あっちゃー……枝で切っちゃったみたい。ドジったなぁ」

「むう。ぱっくり切れてしまっているな」

助教授さんが顔をしかめる。

ここには薬もなければ、絆創膏《ばんそうこう》もない。

傷口が化膿《かのう》したら大変だ。

「バイ菌が入ったらまずいな。洗うのは当然として、せめて消毒くらいはしたいところだが……」

「うう、痛い……どうしよう」

姫ちゃんが涙目になる。

「……ちょっと待ってて」

すると、むっくんが駆け出した。

「お、おい！　むっくん、どこ行くんだ⁉」

あっという間に森の奥へと消えていくむっくん。

どこに行くんだろう、とそれを見送っていると、騒ぎを聞きつけてデブさんと撮り鉄さんが駆け寄って来た。

「どうした？　何の騒ぎだ？」

「あっ、指を切っちまったのか」

2人が姫ちゃんの指を見て顔をしかめる。

「うん、ドジっちゃった。ごめんね」

姫ちゃんがしゅんとする。

凹んでいる彼女を見るのは、これが初めてだな。

「いやいや、謝ることじゃないだろ」

「ちょいとばかし深そうだな……海で傷を洗ったほうがいいんじゃないか？」

撮り鉄さんが姫ちゃんの手を取って傷を見ていると、むっくんが息を切らせて駆け戻ってきた。

手には黄色い花を付けた草を持っている。

「傷を診《み》せて」

「えっ？」

姫ちゃんが小首を傾げる。

「薬、塗るから」

むっくんが姫ちゃんの手を取り、葉を手でこねるようにして揉《も》み潰《つぶ》し、指でぎゅっと握って傷に絞り汁を垂らした。

「これで大丈夫だと思う」

「えっ、そうなの？　これ、何の草なの？」

「オトギリソウ。傷薬になるって、アニメで見たことがあったから」

むっくんの説明に、皆が「へえ」と感心した声を漏らした。

「むっくん、すげえじゃん！　よくそんなこと知ってたな！」

ホストさんが褒めると、むっくんはちらりと彼を見た。

なるほど、アニメで見た知識だから、細かい使いかたも分かるのか。

映像作品のいいところだな。

「ありがと！　むっくん、物知りなんだね！　ちょーかっこいいよ！」

「人によってはアレルギーを引き起こすこともあるみたいだから、何かあったらすぐに言って……」

にこりと微笑《ほほえ》む姫ちゃんに、むっくんが頬を赤らめながらボソボソと言う。

「うん！　オトギリソウのことって、何のアニメで見たの？」

「べ、別にいいじゃんか。そんなこと……」

「えー？　教えてよ！　私も知ってるやつかもしれないしさ！」

姫ちゃんがむっくんに食い下がる。

むっくんは戸惑いながらも、見たアニメについて話し出した。

それ知ってる！　と姫ちゃんが明るい声を上げ、あれこれと話を振る。

「……何だか、恋の香りがするな」

撮り鉄さんがパシャリとカメラのシャッターを切り、小声で言う。

「無人島に流れ着いた男女が、ちょっとしたことから仲良くなって恋に落ちる、か。まるで恋愛映画みたいじゃないか。スマホさえあれば動画が撮れるのに……」

「アニメっていう共通の話題があるし、これはもしかしたらあるかもしれないぞ」

撮り鉄さんとデブさんが小声で話す。

「お邪魔にならないように、少し僕たちは離れておこっか」

僕が言うと、2人も「それがいい」と、そろりそろりと姫ちゃんとむっくんから離れ出した。

「ほら、ホスト君も行くぞ」

「あ、ああ」

ホストさんがちらちらと姫ちゃんたちを振り返りながらも、僕らに続く。

助教授さんは楽しげに話す姫ちゃんたちの姿に、「青春だな」と感慨深げにつぶやいていた。

＊＊＊

数時間後。

空が夕焼け色に染まる頃になって、僕らはようやく小屋を作り上げることができた。

曇り空のおかげで比較的涼しいとはいえ、朝から水を一滴も飲んでいない僕たちはヘロヘロだ。

T字を斜めにしたような見た目の小屋はかなりみすぼらしいが、詰めれば何とか全員入れそうだ。

全員が横になるほどのスペースはないので、体育座りして入らなければならないけど贅沢は言ってられない。

「よ、よし、こんなものでいいだろう」

最後の枝を縛り付けていた助教授さんが、その場にへたり込む。

「うう、喉渇いた……お水飲みたい」

「腹へった……もう動けねえ……」

姫ちゃんとホストさんも、その場にしゃがみ込んだ。

他の皆も、僕を除いてその場にへたり込む。

小屋作りがこんなに大変だなんて思わなかったな。

「あ、雨が降る前に、乾いてる枝を小屋の中に運び込まないと……」

カラカラに乾いた口で僕がそう言うと、皆がげんなりした顔になりながらも頷いた。

雨が降れば水が手に入るけど、薪が全部湿ってしまっては、晴れたとしても火がおこせない。

急いで作業に取り掛からねば。

「お、俺はカボチャサラダを作るよ。他の皆は、食料調達と枝運びを頼む」

「わ、私、フジツボ採って来る。むっくん、助教授さん、一緒に来て」

姫ちゃんが2人をうながし、ヘルメットを持って海へとふらつきながら歩いて行った。

「ホストさん、撮り鉄さん、薪集めに行こう」

「了解っす……」

「最後のひと踏ん張りだな……」

ホストさんと撮り鉄さんが立ち上がり、僕ら3人はふらつきながらも森へと向かった。

適当に枝を拾い集めては小屋へと戻り、中に放り込む。

もはや雑談をする体力すら残っていない有様で、黙々と作業を続けた。

「んあ？　お、おおっ⁉　降ってきた！」

ホストさんの声とともに僕が空を見上げると、ぽつぽつと雨粒が頬に当たった。

「み、水だっ！　やった！」

ホストさんが空を仰ぎ、口を開ける。

僕と撮り鉄さんもそれにならい、目一杯口を開けて空を見上げた。

傍《はた》から見たら、ものすごく間抜けな光景だろうな。

小屋の傍でカボチャを切っていたデブさんも、地面に寝転がって大口を開けている。

「おい！　キミたち、小屋に入りなさい！」

僕らが水面で口をパクパクさせる酸素不足の金魚のような状態になっていると、助教授さんたちが海から駆け戻って来た。

「びしょ濡《ぬ》れになるのはまずい！　もうすぐ夜になるし、凍えてしまうぞ!?」

助教授さんの言葉にはっとして、僕らは慌てて小屋に入った。

全員が小屋に入って座ると同時に、ざあっと音を立てて大粒の雨が降り出した。

「み、水、水……」

小屋の屋根から滴り落ちる水を、ホストさんが両手を出して受け止める。

「ホストさん、ペットボトルに貯めればいいと思うよ」

「あっ、そうっすね！　皆、ペットボトルに水を貯めろ！」

全員でペットボトルを引っ掴み、屋根からぽたぽたと垂れる雨水を集める。

ついでに、洞窟で拾ってきた一斗缶も外に置いた。

小屋を作っている時に、釘でぐるっと一周穴を開けたうえで斧で半分に切って中を海水で洗っておいたので、容器として十分使えるだろう。

ペットボトルも30本近く集めてあるので、かなりの量の水が確保できそうだ。

「ああ、生き返った。ほんと、ギリギリだったなぁ」

ペットボトルでごくごくと水を飲んだホストさんが、ほっとした声を漏らす。

「だな。ほら、カボチャサラダだ」

端に座っていたデブさんが、カボチャの皮に載せた千切りカボチャを、隣に座る僕に渡してくれた。

石の包丁で作ったとは思えないほどに、綺麗に千切りされている。

「千凋びる寸前だったね……サラダ、いただきます」

千切りカボチャを一つまみし、口に放り込む。

シャキシャキした食感とほのかな甘みが、口いっぱいに広がった。

あまり量がないので、僕はその一口だけで済ませて、隣のホストさんにそれを回す。

ホストさんは「いただきます」と手を合わせて一口食べ、隣の撮り鉄さんに回した。

「ねえ、デブさん。これって食べられるかな？」

撮り鉄さんの隣にいた姫ちゃんが、デブさんに黒い物体を差し出した。

「ん？　それ、ナマコじゃないか」

「うん。波打ち際にいたのを捕まえたの。どうかな？」

「ちょっと貸してみ」

デブさんが手を伸ばし、姫ちゃんからナマコを受け取る。

「うわ、姫ちゃん、よくそんなもの持てるな。気持ち悪くないのか？」

撮り鉄さんが嫌そうな顔で身を引く。

「そう？　肉厚で美味そうじゃない？」

姫ちゃんの逞《たくま》しい発言に、撮り鉄さんが「そうかなぁ」、とナマコを見る。

ウネウネグニグニな見た目で、何とも気持ち悪い。

姫ちゃん、男の僕らよりよっぽど男気があるな。

「ナマコって、確か酢の物とかで食べるんだっけ？」

僕が言うと、デブさんはナマコを眺めながら頷いた。

「ああ。でも、生で食えるかどうか……とりあえず、切ってみるか」

デブさんがナマコを握り、石の包丁を当てる。

すると突然、ナマコが謎の白い液体を吐き出した。

ホストさんが「ひいっ⁉」と情けない悲鳴を上げて仰《の》け反《ぞ》る。

「な、何だそれ⁉　なんか出てきたぞ⁉」

「ああ、これはナマコの内臓だよ。外敵から身を守るために、囮《おとり》として吐き出すんだ。

外敵がそれを食ってる間に逃げるんだよ」

デブさんがナマコの生態を解説する。

ナマコがそんな技を持っているなんて、初めて知った。

「カニとかヒトデが食うんだから、人間も食えるだろ」

デブさんが腕についた白い液体を指で掬《すく》い、口に運ぶ。

「……うん。これはまあまあいけるな。ホスト君、食ってみるか？」

「マ、マジか……かなりキモくないか？」

「そうか？　でもまあ、これも経験だよ。食ってみろって」

「お、おう」

「他の皆はどうする？」

「僕、食べてみようかな」

「私も食べるよ」

「……食べる」

「俺も食うぞ」

「私ももらおう」

全員が手を伸ばし、デブさんの腕についたナマコの内臓を摘まんで口に入れた。

しょっぱいヌメヌメしたもの、としか形容しがたい味が、口に広がった。

「しょっぱ！」

姫ちゃんが顔をしかめる。

「はは。でも、食えなくもないだろ？」

「うん……やたらとしょっぱいけど、まあ……食べられるかな」

「こんな量じゃ腹の足しにはならないけどな。問題はこっちだ」

デブさんがナマコに石の包丁を当てる。

ぶちぶちと音を立ててナマコを縦に切り裂くと、薄いピンク色の肉が現れた。

「かってえなぁ……」

デブさんがどうにか一口大にナマコを切り分け、雨で砂を洗い流して皮ごと口に入れる。

「……どう？　食べられそう？」

もぐもぐと咀嚼するデブさんに、姫ちゃんが聞く。

「うーん……塩辛いタイヤを食ってるみたいだ。食えなくもないけど、かなり不味《まず》い」

「あああ、もう、気持ち悪いけど我慢できねえ！　俺にもくれよ！」

ホストさんが手を伸ばし、ナマコの切り身を数切れ摑んだ。

「あっ、そんな一気に――」

「いただきます！」

デブさんが止める間もなく、ホストさんが切り身を口に放り込む。

もぐもぐと咀嚼し、動きを止めて泣きそうな顔になった。

「まじゅいでしゅ……」

「いや、だから不味いって言っただろうが。吐き出してもいいんだぞ」

「もったいないから食べましゅ……」

ナマコで口をいっぱいにしながら、ホストさんが間抜けな声を漏らす。

「ほら、皆も試してみろよ。ダメだったら吐き出していいから」

デブさんがナマコを小さく切り分けて、皆に配る。

皆がナマコを頰張るのを横目で見ながら、僕も口に入れた。

塩っ辛くて、ものすごく弾力があって、なんというか形容しがたいほどに不味い。

皆も同じ感想を持ったようで、もぐもぐと顔をしかめながら口を動かしている。

「……不味いな」

「本当にタイヤ食ってるみたいだ……」

助教授さんと撮り鉄さんが、ぼそっとつぶやく。

「まっず……デブさん、フジツボは？」

姫ちゃんがしかめ面でデブさんを見る。

「あるぞ。殻割って、皆で食おう」

ざあざあと降る雨音を聞きながら、皆でフジツボの殻を割る。

割っては食べ、割っては食べの繰り返しだ。

フジツボの小さな身では満腹には程遠いが、やたらと弾力のあるナマコを噛み続けたおかげで少しマシな感じがする。

残りのナマコは、小屋の隅にまとめて放置することになった。

「寒っ……ラーメン食べたいなぁ」

フジツボを口に放り込みながら、姫ちゃんがぼやく。

「おっ、いいねぇ。こんな寒いなかで食ったら、さぞかし美味いだろうな」

デブさんが笑う。

雨のせいでかなり冷え込んできていて、このまま夜になるかと思うと僕はぞっとした。

でも、口に出してもいいことは何もないので、黙ってフジツボの殻を割り続ける。

「俺はお汁粉が食べたいな。甘い和菓子が食べたくて堪らないよ。むっくんは、何が食いたい？」

デブさんがむっくんに話を振る。

「……ラフテー」

「おっ、いいねぇ。美味いよな。好物なのか？」

「……うん」

「私は日本酒だな。おでんでも食べながら、熱燗《あつかん》で一杯やりたい」

デブさんとむっくんの会話に助教授さんが乗っかる。

食べ物の話をされると想像してしまって、グゥ、と僕の腹の虫が悲鳴を上げた。

まだ遭難して2日目だけど、まともな食事が心底恋しい。

そういえば、せっかく沖縄に来たというのに、ご当地料理を一度も口にしてないな。

「ほんっとうに腹減ったなぁ……あ！　せっかくだし、食べ物しりとりしようぜ！」

いいこと思いついた！　といった顔のホストさん。

何がせっかくなのか分からないが、暇な僕らにはうってつけの遊びだ。

「ん、分かった。じゃあ、私から左回りね。『りんご』」

「………………」

「ほら、むっくんの番だよ？」

「……ごまだんご」

「五目ちらし」

「生姜《しょうが》焼き」

「きびだんご」

姫ちゃん、むっくん、助教授さん、デブさん、僕が順番に言う。

「はあ……ええと、『ご』だよな？　ごま」

「ホストさん、ごま食べたいの？」

「いや、ごましか思いつかなくて……」

ホストさんが頭を掻く。

「『ま』か……マグロ寿司《ずし》」

「あ、いいね！　マグロのお寿司《すし》食べたい！　私、お寿司大好きなんだ！」

撮り鉄さんに、姫ちゃんが笑顔を向ける。

「私はハマチの寿司が食べたいな」

「僕はシメサバかな」

助教授さんと僕が、それに乗っかる。

「なんか、余計に腹が減って来たなぁ……」

「ホスト君が言い始めたんじゃん」

「だな！　こうなったら意地だ！　限界まで腹空《す》かせてやる！」

ホストさんと姫ちゃんのやり取りに、皆が笑う。

その後も雨は降り続け、夜になっても僕らは小屋の中から出られなかった。

＊＊＊

「は、は、ハクション！」

無人島遭難3日目の朝。

いつの間に寝てしまったのか、僕は盛大なクシャミとともに目を覚ました。

両隣を見てみると、僕のクシャミで目を覚ましたデブさんとホストさんが、呻《うめ》き声を上げながら目を開けていた。

「寒っ！　俺、寝ちまってたのか」

「うひょおおお！　晴れてる！　太陽だ！　イエー！」

ホストさんが小屋から飛び出し、空を仰ぐ。

昨日の雨が嘘《うそ》のように空は晴れ渡り、お日さんさんと日の光が砂浜に照り付けていた。

「んあ……なに？」

「太陽だよ！　すっげえ晴れてるぞ！」

「マジで⁉　うわ、本当だ！　やったぁ！」

姫ちゃんも小屋の外に飛び出し、飛び跳ねる勢いで大喜びしている。

僕も立ち上がり、小屋を出て空を見上げた。

足元の砂は雨で濡れてしっとりとしているけど、早くも乾き始めているようだ。

あれだけ憎たらしかった太陽がこうも有り難く思えるなんて、と苦笑してしまった。

「あー、太陽最高！　ちょーあったかい！」

「マジで助かった……これで火がおこせるな！」

「ほんとだよ。私、今日も雨だったら、ホスト君に腹パンするつもりだったもん」

「うぇっ⁉　姫ちゃん、許してくれたんじゃなかったのか⁉」

驚くホストさんを、姫ちゃんが真顔で見る。

「いや、マジでぶち殺してやろうかって思った」

「う、ご、ごめん！　本当に悪かった！　二度と居眠りなんてしねえから、許してくれよ！」

がばっと腰を折って頭を下げるホストさんに、真顔だった姫ちゃんが途端に破顔する。

「うっそー！　冗談でした！　ビビった？　ビビったよね？」

「なっ⁉　し、心臓に悪い冗談やめろよな！　俺、マジで凹んでるんだから！」

「あはは、やっぱりね！　ホスト君気にしすぎなんだって！」

姫ちゃんが笑いながら、ホストさんの肩をペシペシと叩く。

「誰でも失敗くらいすんのは当たり前だよ。何かやっちゃったって、反省すればいいんだし。子供の時みたいに、『ごめんね』『いいよ』で済ませるのが一番なの。誰か蒸し返したら私が怒鳴りつけてやっからさ、もう気にしちゃダメだよ？」

「姫ちゃん……」

女神のようなことを言う姫ちゃんに、ホストさんが涙目になる。

助教授さんはその様子を微笑ましく見つめ、撮り鉄さんに目を向けた。

「撮り鉄君、火をおこしてくれ」

「はい！」

撮り鉄さんが勇んでカメラのレンズを外し、小屋の外に出て火おこしに取り掛かる。

昨日、小屋の中に避難させておいた薪や枯草は濡れておらず、無事のようだ。

これなら、すぐにでも火をおこせそうだ。

「………」

「むっくん、どうしたの？　体調でも悪いとか？」

暗い顔でうつむいているむっくんに、僕は声をかけた。

「……何でもないよ」

「そ、そう？　ならいいけど」

むっくんが、ちらりと姫ちゃんとホストさんを見る。

あ、これはもしかして……。

「……今日で、遭難3日目か」

ぽつりとつぶやく助教授さんに、僕らは目を向けた。

助教授さんは険しい表情で、枯草にレンズをかざしている撮り鉄さんを見ていた。

「これは、島を脱出する手段を考えたほうがいいかもしれないな」

「えっ？　脱出ですか？」

僕が聞くと、助教授さんは真剣な顔で頷いた。

傍にいるむっくんとデブさんも、驚いた顔で助教授さんを見ている。

「ああ。救助を待つのか、それとも体力が残っているうちに脱出するのか、決めたほうがいいだろう」

「救助はこないってことですか？」

デブさんが尋ねる。

「それは分からないが、もし救助がこないとしたら、このまま島にいたら死んでしまうぞ」

死、という単語に、僕らの顔が強張《こわば》る。

「食べ物はフジツボとカボチャ、それに痩せたサツマイモしかないし、水は廃墟にあるものと雨水に頼っている状態だ。もしこの後、1カ月、2カ月と雨が降らなくなったら、私たちは確実に死ぬだろう」

「そ、それはそうですけど……脱出っていったって、どうやって？　船でも作るっていうんですか？」

「もし脱出するのなら、な」

僕の問いかけに助教授さんはそう答え、しゃがみ込んだ。

指で、砂に絵を描き始める。

撮り鉄さんも話が気になるようだが、レンズを動かすわけにはいかないので、こちらをチラチラ見ながらもじっとしていた。

「沖縄がここだとするだろう？　そして、私が海で溺れた場所がここだ。漫画家君たちは、どの辺りで溺れたんだ？」

「ええと、僕は確か……」

助教授さんが描いた沖縄本島の地図に丸を付ける。

「俺はこの辺りです」

「……僕は、この辺」

デブさんとむっくんが、続けて丸を付ける。

全員、沖縄本島の西側で溺れたようだ。

「ホスト君は、石垣島で溺れたと言っていた。あくまで推測だが、私たちが今いる場所は、本島と石垣島の間にある無人島だろう」

助教授さんが沖縄の左下に石垣島を描き、沖縄本島との中間地点に小石を置いた。

「もしそうならば、強固な船を作って北西に進めば、中国大陸か台湾辺りに着くことができる。沖縄本島を探そうとすると、太平洋に出てしまうかもしれないからな」

「ちょ、ちょっとそれ、危険すぎません？　下手したら死にますよね？」

僕が言うと、助教授さんは「そうだな」と頷いた。

「まあ、1つの案だよ。だが、助かる手段の1つとして、考えておいてもいいんじゃないかと思ってな」

「う、う ー ん……素人が作った船で海に出るっていうのは、さすがに無謀だと思うんですが」

デブさんも困り顔になる。

普通に考えて、船で脱出など自殺行為だ。

途中で嵐にでも遭ったら助からないだろうし、どこにもたどり着けずに船上で餓死する可能性だってある。

「そうだな。まあ、もしも助けが来なかったらという話だ。ただ、ここでだらだら過ごすよりも、船を作るという目的があったほうが精神衛生上いいんじゃないか？」

「あ、なるほど。それは張り合いが出るかもしれないですね」

デブさんが納得した様子で頷く。

確かに、救助がこないことにがっかりしながら日々を過ごすよりも、いざとなったら脱出できる手段を用意するというのはいいかもしれない。

「何か目的を持って作業をしていれば、悪い方向に考えが向かないってことですかね？」

「ああ、そのとおりだ。さすが漫画家君。想像力が働くな」

助教授さんが僕に笑顔を向ける。

「とりあえず、当座の水と食料は確保できているんだ。手慰みに船作りをして、完成した後、脱出するもよし、やはり島に留《とど》まるもよし。その時に考えるというのはどうだろう？」

助教授さんの提案に、僕ら3人は頷いた。

手作りの船で無人島を脱出するなんて、まるで冒険小説だ。

実際問題、海に出たら、助かるよりも死ぬ確率のほうが高そうだけど。

「俺もいい考えだと思いますよ。雨が降っただけで火をおこすのにも苦労してるような状態だし、ここにいたって長くは持たないと思います」

こちらの声が聞こえていたのか、火おこしをしている撮り鉄さんが顔を向けずに言った。

「それに、皆少しずつ感じてるとは思いますけど、俺ら結構弱ってきてますよ。まともに飲み食いできてないから、初日に比べて全員顔がやつれてきてます」

撮り鉄さんの言葉に、互いの顔を見た。

助教授さんも、デブさんも、むっくんも、若干頬がこけているように見える。

髭《ひげ》も剃《そ》っていないから無精髭が生えてきているし、髪も潮風のせいでボサボサだ。

「ほんとだね……撮り鉄さん、よく気付いたね」

「毎日顔を見てるせいか、俺も全然気付かなかったな」

僕とデブさんが言うと、撮り鉄さんが小さく笑った。

「カメラのファインダー越しに見ると、そういうのって結構気付くもんなんだよ。こいつら、だんだん小汚くなってきてるなって……おっ！」

撮り鉄さんが声を上げ、手元にあった小枝を枯草にくべた。

ふうっと大きく息を吹きかけると、オレンジ色の小さな炎が上がった。

「よしっ、点いた！　点いたぞ！」

撮り鉄さんの叫びに、砂浜で騒いでいた姫ちゃんとホストさんが、わっと彼に駆け寄る。

その様子に、助教授さんが、ふっと小さく笑った。

「まあ、まずは狼煙を上げるとするか。船など使わずに生きて帰れれば、それが一番だからな」

助教授さんが彼らの下に歩いて行く。

デブさんとむっくんも、それに続いた。

僕は砂に描かれた地図を数秒見つめ、すぐに彼らの後を追ったのだった。

第3章　ハラペコ集団

パチパチと燃える焚火《たきび》の上で、ヘルメットに入れられたカボチャとサツマイモがグツグツと煮えている。

皆で今か今かと待っていると、デブさんが木の枝で作った箸でカボチャを一欠片《かけら》取り上げた。

ふうふうと息を吹きかけ、口に入れる。

「……ん、いい感じだ。煮えたぞ」

「早く！　早く食わせてくれ！　ハラペコで死にそうだ！」

「お腹《なか》空《す》いた！　早くちょーだい！」

急《せ》かすホストさんと姫ちゃんに、デブさんが「はいはい」と貝殻の皿に煮カボチャとサツマイモをよそう。

皆に行きわたったところで、いただきます、と食べ始めた。

「美味《うま》いなぁ。カボチャがあって、本当によかったよ」

撮り鉄さんがしみじみとカボチャを食べる。

「でも、このサツマイモは、ほとんど皮しかないね」

僕がゴボウのようなサツマイモを齧《かじ》っていると、同じくサツマイモを食べていた助教授さんが頷《うなず》いた。

「ああ。香りはサツマイモなんだが……。ところで、カボチャはあといくつ生《な》っているんだ？」

「あと10個くらいだったと思います。サツマイモも結構見つけましたけど、あんまり食料としては期待できないですね」

「ふむ。カボチャが残り10個となると、このままのペースで食べ続けると持って5日というところか」

「……それ、ヤバくない？」

「カボチャがなくなったら、フジツボとナマコしか食うものがなくなるのか……」

助教授さんの言葉に、姫ちゃんと撮り鉄さんが続く。

フジツボはいいとして、ナマコを食べるのは勘弁願いたい。

そういえば、ナマコって焼いたらどんな味がするんだろうか。

「そのとおりだ。まあ、釘《くぎ》を釣り針代わりにして魚が釣れるかもしれないが、このまいくと遠からず飢えることになる。水はペットボトルに貯《た》めた雨水と、廃墟《はいきょ》のアメンボ水しかない。救助が来なかった場合のことも、考える必要がある」

「え？　どういうこと？」

姫ちゃんが小首を傾《かし》げる。

助教授さん、早速島から脱出する提案をするようだ。

「先ほど、漫画家君たちとも話したんだが――」

ついさっき僕らに言った話を、助教授さんが話し出す。

砂に沖縄本島と石垣島の地図を描き、皆が溺れた場所を描き込ませた。

ホストさん以外は、全員が本島の西側で溺れたようだ。

驚いたことに、皆が溺れた場所は、それぞれかなり距離が離れていた。

よく全員がこの島に流れ着いたものだ。

「――というわけだ。今日から、脱出のための船を作るというのはどうだろう？」

助教授さんは一通り説明を終えると、皆を見た。

姫ちゃんが険しい表情で、ホストさんが明るい顔で助教授さんを見ている。

「いいっすね！　救助が来ないなら自分たちで脱出すればいいんですもんね！　ナイ

スアイデアですよ！」

「うむ。先ほども言ったが、このままこの島に残った場合は飢えと渇きとの闘いになる。そうなれば、私たちは日を追うごとに衰弱してしまうだろう」

「体力が残っているうちに脱出するってのも、ひとつの手だな」

撮り鉄さんが腕組みして頷く。

「で、でも、どれくらいの間、船の上で生活することになるの？　それこそ食べるものなくなって死んじゃわない？」

姫ちゃんが不安そうに言う。

「そうだな。その可能性は十分ある。だが、救助が来なかった場合もそれは同じだろう」

「それは、そうだけど……うーん」

姫ちゃんが唸《うな》る。

「大丈夫だって！　俺ら、海で溺れたのに生きてここまで流れ着いたんだぜ？　船で脱出くらい、余裕だって！」

「まあ、これは1つの案だ。島をもっと探索すれば湧き水が見つかるかもしれない。食べ物だって、カボチャやサツマイモ以外の野菜が見つかる可能性もある。投網の糸と釘を使って釣り竿が作れれば、魚が獲《と》れるかもしれないしな」

「うん……そだね！」

姫ちゃんが、ぱっと笑顔になって頷く。

「選択肢が多いのはいいことだもんね。島を出る準備しといても、損はないよね」

「ああ、そのとおりだ。それに、絶対に船で脱出しなきゃいけないってわけじゃない。姫君《くん》の言うとおり、生き延びるための選択肢を少しでも増やしておこうということなんだ」

助教授さんの言葉に、姫ちゃんが納得した様子で頷く。

「とりあえずは、船を作りながら救助してもらうために全力を尽くそう。毎日狼煙《のろし》を上げたり、砂浜にもっと大きなSOSを描くんだ。島を脱出するかどうかは、また後で考えればいい」

「ですね。それに、いざって時のために船も作っておけば心強いですし。とりあえず作ってみるのがいいと思います」

助教授さんに続き、僕も意見を付け加える。

「あのさ、もし1人でも船で島を脱出することに反対する人がいたら、その時は脱出は無しにするってのでどうだ？」

「ああ、それがいいだろうな」

デブさんの意見に、助教授さんが同意する。

「私たちは1つのチームだ。全員が納得したうえで、生き延びるために行動していくべきだ。他の皆はどうだ？」

助教授さんが皆の顔を見る。

僕も含めて、全員が「異議なし」と答えた。

こんな状況だし、僕らには希望が必要だ。

船作りを通じて、少しでも前向きになるほうがいいだろう。

「よし。それじゃあ、食事を終えたら早速作業に取り掛かろうか。いつものようにチーム分けして、手分けして進めるということでいいかな？」

助教授さんの提案に、皆が了解の声を上げた。

＊＊＊

数十分後。

僕は姫ちゃんと砂浜で、ペットボトルで罠《わな》を作っていた。

あれから「グーチョキパーで分かれっこ」をして3つのチームに分かれた。

僕と姫ちゃんは食料調達。デブさんとむっくんは小屋の拡張と狼煙上げとSOSの描き直し。残りの3人は船作りだ。

船作り組は山で材料を得るついでに、カボチャも収穫してくることになった。

「魚、捕まるといいんだけど」

僕は釘をノミ代わりに、石を打ち付けてペットボトルの上部3分の1くらいに、ぐるっと穴を開けた。

穴の開いた部分を石で何度も叩《たた》いて切断し、それを引っ繰り返して嵌《は》めれば罠の完成だ。

餌は、さっき食べた煮カボチャの破片。

僕が作った罠は、これで3つ目だ。

「小魚もいいけど、やっぱり大きな魚が欲しいよねー。釣《つ》り竿《ざお》、上手《うま》く作れるかなぁ」

2つ目の罠をこしらえた姫ちゃんが、ぐっと背伸びをする。

昨日見つけたボロボロの投網と釘を使って、これから釣り竿を作るのだ。

「そうだね。今、焼き魚を食べたら美味《おい》しいだろうなぁ。島に来てから、フジツボとカボチャばっかり食べてるし」

「ねー。まあ、ダイエットにはいいかもしれないけどさ」

「じゅうぶんスタイルいいじゃん。それ以上痩《や》せる必要ないって」

「あはは、ありがと。でも、脱ぐとお腹ぽよぽよだよ？　ほら」

姫ちゃんがシャツを捲《まく》り上げてお腹を見せる。

ぽよぽよ、と本人は言うけど、無駄なぜい肉は一切ないように見えた。

それどころか、きゅっと引き締まっていて、若干筋肉が浮いて見えるくらいだ。

「ぺったんこじゃん。やっぱりダイエットする必要なんてないって」

「えー？　……あ、ほんとだ。この島に来てから痩せたっぽいや。あはは」

姫ちゃんが笑ってシャツを戻し、砂に足を投げ出す。

「ねえ、罠はもうこれくらいでいいんじゃない？　上手くいくかも分かんないんだし」

「だね。次は釣り竿を作ろっか」

傍らに置いておいたボロボロの網を引き寄せる。

落ちていた貝殻で絡まった糸を切って釣り糸を作り、石で釘を何度も叩《たた》いて、なんとかVの字に曲げた。

竿は、森で拾ってきた長い枝だ。

餌には、ナマコを使う予定だ。

「そういえば、漫画家さんさ、なんとかってシリーズの漫画を描いてるって言ってたじゃん？　それ、どういう話なの？」

姫ちゃんが釘に糸を縛り付けながら、僕に尋ねる。

「日常系の漫画だよ。リザードマンが人間社会で会社勤めしてるって設定なんだ」

「リザードマンって、ファンタジーアニメに出てくるトカゲ人間だよね？」

「うん。そのトカゲ人間が主人公のお話なんだ」

「ふうん……トカゲ人間がたくさんいる世界のお話なの？」

「ううん。今のところ、トカゲ人間は主人公だけだよ。他は皆、僕らみたいな普通の人間」

「何それ。何で主人公だけトカゲ人間なの？」

姫ちゃんが不思議そうな顔で尋ねてくる。

「主人公は人間以外なら何でもよかったんだ。蜘蛛《くも》人間でも、狼男《おおかみおとこ》でも、吸血鬼でもさ」

「んー……トカゲ人間が人間社会で生活したらどうなるか、みたいな？」

「そういうエピソードも織り交ぜてあるけど、描きたい内容はそこじゃなくてさ」

姫ちゃんが小首を傾げる。

「自分の力じゃどうにもできない外見とかレッテルを背負いながらも、人間と同じように生きていくキャラを描きたいと思ったんだ。でも、種族の違いで差別されたり酷《ひど》い目に遭ったりっていう話の漫画じゃないよ。周りの人間が皆、リザードマンの主人公にごく普通に接する世界のお話なんだ」

「見た目の違いで嫌なことを言われない世界の話ってこと？」

「そんな感じ。他にはこれといったメッセージ性はないんだ。主人公が同僚から『お前リザードマンだけど冬は寒くて辛《つら》くない？　爬虫類《はちゅうるい》だよね？』とか聞かれて『見た目はこんなだけど朝飯しっかり食べてくれれば寒くても動けるぞ』みたいなネタが出るくらいだね」

「あはは。なんか変なお話だね。シュールって感じ。でも、面白そうだね！」

姫ちゃんが楽しそうに笑う。

捲《まく》し立てるようにしゃべってしまったけど、姫ちゃんは僕の目を見ながらしっかり話を聞いていてくれている。

姫ちゃん、聞き上手なんだな。

「見た目で差別とかいじめがない世界のお話かぁ。なんかいいね、それ。私も読んでみたい。帰ったら読ませてくんない？」

「ツイッターで『グレートリザードマン3世』で検索すれば出てくるよ」

「そうなんだ。検索してみるね！」

それからも、姫ちゃんは僕の漫画についてあれこれと質問してきた。

お気に入りのエピソードをいくつか紹介すると、「面白いじゃん！」とか「そんな話を思いつけるなんて天才じゃん！」などと大げさにリアクションして褒めてくれた。

そんな彼女の反応が嬉《うれ》しくて、僕もつい饒舌《じょうぜつ》になってしまう。

ホストさんに温かい感想を伝えられた時とは、また違った嬉しさがあった。

そうして話をしているうちに、即席の釣り竿が完成した。

小屋から持ってきておいたナマコの残骸を石で小さく切り、針に付けた。

「よし、できた。それじゃ、早速釣ろうか」

「うん。でも、私、釣りなんてやったことないんだよね。どこで釣ればいいのかな？」

姫ちゃんが海を見る。

辺り一面、小さな岩と浜ばかりだ。

少し離れたところに岩場はあるけれど、果たしてあそこで魚が釣れるのだろうか。

僕も海釣りの経験なんて皆無なので、さっぱり分からない。

「助教授さんに聞いてみよっか。ボートで釣りをしてたって言ってたし、詳しいんじゃないかな？」

「そだね！　おーい！　助教授さーん！」

姫ちゃんが大声を上げて手を振りながら、助教授さんを呼ぶ。

助教授さんはちょうど、森から長い竹を引きずって砂浜に運んで来ているところだった。

手を振る姫ちゃんに気付き、こちらに歩み寄って来る。

「どうした？　おっ、釣り竿ができたのか」

「うん。それでさ、私たち釣りなんてしたことがないから、助教授さんに教えてもらおうと思ったの」

「…………」

「どしたの？」

黙り込む助教授さんに、姫ちゃんが小首を傾げる。

「いや……その辺の岩場から糸を垂らせば釣れるんじゃないか？」

「そうなの？　どういう場所なら釣れやすいとか、どうやって糸を垂らしてたらいいのか、教えてほしいんだけど」

「教えてあげたいのは山々だが、私も素人みたいなものなんだ。役に立てなくてすまない」

助教授さんはそう言うと、さっさと戻って行ってしまった。

姫ちゃんが怪訝《けげん》な顔で、その後姿を見つめる。

「変なの。ボートを借りて釣りをするくらいなら、普通に考えて釣り好きだよね？」

「うん……まあ、その時初めて釣りがしたくなっただけだったんだよ。きっと」

「えー？　そんなことってあるかなぁ？　普段から釣りしてなかったら、そんなことしなくない？」

姫ちゃんは眉間に皺《しわ》を寄せる。

確かにそうだけど、さっきの助教授さんの表情、ちょっと陰があったような気がしたんだよな。

「まあまあ。分からないものは仕方がないよ。その辺の岩場でやってみよう」

「大丈夫かなぁ……」

姫ちゃんを連れて、ペットボトル罠と釣り竿、水の入ったペットボトルを持って、少し離れたところにある岩場へと向かう。

その岩場は少し海に入ったところに突き出ていて、僕らは腰まで海水に浸《つ》かりながらたどり着いた。

「罠、この辺に沈めておけばいいかな？」

「岩の隙間に挟んでおいたら？　波で流されちゃったら大変だし」

姫ちゃんの提案に従い、岩の隙間に押し込むようにしてペットボトル罠を設置した。

僕は先に岩へとよじ登り、姫ちゃんに手を貸して引っ張り上げる。

「それじゃ、始めよっか」

「うん」

2人並んで岩の上に座り、釣り糸を垂らす。

日差しが強くて、海風に当たりながらでもかなり暑い。

熱中症にならないように、ちゃんと水を飲みながら釣りをしないといけないな。

「釣れるかなぁ」

「釣れる釣れる。私らならできるって！」

姫ちゃんの元気な声に僕は少し笑いながら、じっと水面を見つめた。

ざあっと押し寄せる波間から釣り糸が延びているのだが、浮きがないので魚が突《つつ》いても分からなそうだ。

上手いこと食いついたタイミングで、すかさず引っ張り上げるしかないな。

「そういえばさ。姫ちゃんって、老人ホームを作るって言ってたよね？」

黙って釣り糸を垂らしているのもつまらないので、僕は姫ちゃんに話しかけた。

「そだよー。おじいとおばあたちが、安心して暮らせる場所を作りたいの」

「そっか。友達と計画立ててるって言ってたけど、何人くらいで準備してるの？」

「私入れて3人だよ。最初はもっと多かったんだけど、皆、内地に行っちゃったり結婚しちゃったりして、それどころじゃなくなっちゃってさ」

姫ちゃんが少し寂しそうな表情を見せる。

「いろいろ調べたんだけど、老人ホーム作るのってすんごくお金かかるみたいなんだよね。あんまり儲《もう》かるような施設じゃないみたいだし、入居者とか家族とかとのトラブルも多いらしくてさ。働いてくれる人にはちゃんとお給料は出したいけど、おじいとかおばあからたくさんお金を取るのもしたくないし。正直、上手くできるのかなって不安なんだ」

静かに話す姫ちゃんに、僕は内心少し驚いた。

いつも明るくはっちゃけていて、ホストさんと大騒ぎしている普段の彼女とは、まったく違う印象を受けた。

本当に真剣に、お世話になったお年寄りのために老人ホームを作りたいと考えているんだな。

「最初は乗り気だった友達もさ、現実的な話が出てきたら少しずつ離れていっちゃって。まあ、その子たちも自分の人生があるし、仕方ないんだけどね」

姫ちゃんが僕に顔を向け、寂しそうに微笑《ほほえ》む。

「そっか……」

僕はそう答えるのが精一杯で、海に目を戻してしまった。

ここで、「僕も一緒に手伝うよ」とでも言えれば格好いいんだろうけど、真剣な彼女に軽々とそんな言葉は吐けなかった。

実際老人ホームを作るとなったら、きっと想像もつかないくらい大変なことが待っているのだろう。

さっき彼女が言ったように、「現実的な話」として考えると、途方もない話に思えた。

「ごめんね、暗い話しちゃってさ」

姫ちゃんがぱっと表情をとりなし、海へと目を向ける。

「まー、なるようになるって！　前向き、前向き、前のめり！」

「はは、姫ちゃんって、本当に前向きだね」

「何やるにしても元気が一番だかんね！」

そうして、僕らはたわいのない話に話題をシフトし、のんびりと釣りを続けたのだった。

＊＊＊

「おーい、そろそろ昼だぞ。魚は釣れたか？」

太陽が真上に上った頃、デブさんが一斗缶を手にやって来た。

半分に切られた一斗缶には、針金で持ち手が作られていた。

どうやら、釘で穴を開けて、そこに針金を通してカゴのような形にしたようだ。

「いや、それが……」

「むむう……まさか、一匹も釣れないとは思わなかったねぇ」

姫ちゃんが困り顔で返事をする。

残念ながら、魚はまだ一匹も釣れていない。

「……というわけでさ。そこの岩場に罠が仕掛けてあるんだけど、どうかな？」

「ん、これか？」

僕の視線を追ったデブさんが、岩に挟み込んであるペットボトル罠を拾い上げた。

「これは空っぽだ。こっちは……ダメっぽいな」

デブさんが5つあるペットボトル罠をすべて確認し、ため息を漏らす。

「そっか……一応、フジツボは採っておいたよ」

僕は立ち上がると、岩の窪《くぼ》みに置いておいたフジツボを拾ってデブさんに差し出した。

「ありがと。なかなか上手くいかないもんだな」

デブさんが苦笑し、一斗缶にフジツボを入れていく。

「場所が悪いのかもよ？　漫画家さん、別の岩場に……わわっ⁉」

「危ない！」

立ち上がった拍子によろけた姫ちゃんの腕を、とっさに摑《つか》んで引き寄せた。

姫ちゃんは僕の上に倒れ込んで、何とか岩だらけの海に転落するのを免れた。

「ご、ごめん。マジで助かったよ。めっちゃヤバ谷園だった……」

姫ちゃんが青い顔で言い、僕から離れる。

「お、おい、大丈夫か？」

「うん、大丈夫。お腹が空《す》いちゃって、フラついちゃった」

姫ちゃんがデブさんに微笑む。

もしも頭から岩場に落ちていたらと考えると、心底ぞっとする。

「そうか……よし、ちょっと待ってろ。いい物持ってきてやるから」

デブさんはそう言うと、砂浜へと駆け戻って行った。

いい物って何だろ？　と2人で首を傾げながら釣りを続けていると、すぐにデブさんが駆け戻って来た。

「姫ちゃん。ほら、これ食べな」

「え？　それ何？」

姫ちゃんがデブさんを見る。

彼の手には、大きな葉っぱの上に並べられた、何やら平べったい黄色いものが。

「カボチャのチップスだよ。これ食って、元気出してくれ」

「デブ君、チップス作ったの⁉　どうやって⁉」

「薄くスライスしたカボチャを、天日干しにしたんだ。味見したけど、なかなか美味いぞ」

「すっご……デブ君、マジで料理人になったほうがいいよ！　ちょーすごいじゃん！」

姫ちゃんが弾《はじ》けるような笑顔でデブさんを褒める。

まさか、無人島でこんな美味しいおやつを拝めるとは思わなかった。

「はは、ありがとな。ほら、2人とも食いな」

「うん！　漫画家さん、食べよ！」

「デブさん、すごいなぁ……いただきます」

姫ちゃんと1枚ずつカボチャチップスを摘《つ》まみ、口に入れる。

よく乾いていて、パリパリした歯応えに、ほんのり塩味がしてとても美味しい。

海水をかけてから干したのだろうか。

「うっま！　これ、本当に干しただけなの!?　めっちゃ美味しいじゃん！」

「気に入ってもらえてよかったよ。少しは腹の足しになるだろ？」

大喜びの姫ちゃんに、デブさんがほっとした顔になる。

「うん！　めっちゃ元気出た！　頑張って魚釣るからね！」

「おう。といっても、もうすぐ昼飯の時間だからさ。カボチャが煮えたら呼ぶから、もう少しだけ頑張ってくれな。あと、怪我《けが》すんなよ？」

デブさんはそう言って後ろ手に手を振りながら、砂浜へと戻って行った。

「デブ君、すごいなぁ。カボチャでチップスを作ろうだなんて、よく思いつくよね？

マジ天才だよ」

　去って行くデブさんの背を見送りながら、姫ちゃんがチップスをもう一枚齧る。

「だよね。ユーチューブでいろいろ料理してたみたいだし、魚が獲《と》れたらきっとご馳《ち》走《そう》を作ってくれるよ。頑張らないと！」

「そだね！　このチップス、まるで売り物みたいに美味しいもん。お店で出したら、きっとすごく人気が……あ！」

　突然の大声に、僕はびくっと肩を跳ねさせて姫ちゃんを見た。

　姫ちゃんは、手に持ったチップスをじっと見つめていた。

「どうしたの？」

「そうだよ！　美味しい食べ物には、皆集まるんだよ！　これ、持ってて！」

　姫ちゃんが僕に釣り竿を押し付け、岩から飛び降りて足元の石を拾った。

　どうしたんだろう、と僕が見ていると、姫ちゃんは岩の壁面に張り付いているフジツボを石で叩き剝がした。

「漫画家さん、これを細かくして海に撒《ま》けば、魚が集まって来るかもしれないよ！」

「あっ、撒き餌か！　姫ちゃん、冴《さ》えてるじゃん！」

　感心する僕に、姫ちゃんが「えへへ」と可愛《かわい》らしく笑う。

早速、僕も海に下り、姫ちゃんと一緒にフジツボをいくつか剝がしにかかった。

10個ほど採ってから岩場に上がり、石を使って殻を叩き割る。

「おーい！　カボチャが煮えたぞー！」

僕らが撒き餌作りに精を出していると、デブさんが大声で呼びかけてきた。

「姫ちゃん、お昼ご飯だってさ」

「うん。漫画家君、撒き餌のことは、皆にはまだ内緒だからね」

姫ちゃんがにこっと微笑む。

「夜までにお魚をたくさん釣って、皆を驚かせてやろうよ！」

「あはは。そうだね！　午後も頑張ろう！」

僕らは釣り竿とフジツボをその場に残し、岩から飛び降りた。

＊＊＊

「ちゃんとした屋根があると、ずいぶんと違うものだな」

助教授さんが葉っぱのお皿を手に、頭上を見上げる。

デブさんとむっくんが小屋を拡張してくれたようで、立派な屋根ができていた。

たくさんの葉が付いた枝が木枠に敷き詰められていて、しっかりと蔓《つる》で固定されている。

これなら、昨日より強い雨が降っても大丈夫そうだ。

「これだけのもの、よく2人で作ったな。頑張ったじゃんか」

撮り鉄さんがデブさんとむっくんにカメラを向け、パシャリと撮る。

そういえば撮り鉄さん、食事のたびに料理を写真に撮ってるし、さっきは小屋の写真も撮っていた。

本気で写真集を出す気なのかもしれないな。

「いやぁ、本当に疲れたよ。でも、この日差しの下で焼かれっぱなしってのは、さすがにキツいからさ」

「むっくん、体中真っ赤じゃん。大丈夫？」

姫ちゃんがむっくんを心配そうに見る。

もともと真っ白なむっくんの肌は、何日も日に焼かれて真っ赤になってしまっていた。

ところどころ皮が剝《む》けていて、かなり痛そうだ。

「……別に。大丈夫だよ」

「そう？　あんまり痛いようなら、小屋の中で休んでたほうがいいよ。無理しちゃダメだかんね？」

「……うん」

むっくんが小さく頷く。

あんまり元気がなさそうだけど、大丈夫かな。

「俺も日焼けがかなりきついな。首回りと背中が、特に痛い」

「俺も俺も。でも、昨日雨を浴びたおかげで、あれ以上潮焼けにならなかったのが救いだな」

撮り鉄さんとホストさんが続けて言う。

彼らも全身真っ赤だ。

僕と姫ちゃんは海に腰まで浸かってから岩場に腰掛けていたので、今まで以上に日焼けしてしまっていた。

服を着ている姫ちゃんは顔と手足が赤くなっている程度だけど、僕は全身が真っ赤でヒリヒリする。

「助教授さんたちは、船作りは順調ですか？」

僕が聞くと、助教授さんはすぐに頷いた。

「ああ。竹林を見つけてな。かなり頑丈な船が作れそうだ」

助教授さんが、砂浜に目を向ける。

そこには、枝葉の付いたままの長い竹がたくさん並べられていた。

「竹って確か、浮力もあるし強度も抜群なんでしたっけ？」

「うむ。外国だと、いまだに建築の時の足場に使われていたりもする。船を作るには、最適な材料だな」

「そう言えば、竹って食器にも使えるんだっけ」

もぐもぐと煮カボチャを食べながら、デブさんが言う。

「葉っぱを皿代わりってのも寂しいから、飯食ったら食器も作るかな。助教授さん、いくらか分けてもらってもいいですか？」

「ああ、もちろんだ」

「ところでさ、魚は釣れそうにないのか？」

ホストさんが姫ちゃんに聞く。

もぐもぐとカボチャを食べてはいるが、げんなり顔だ。

普段から肉ばかり食べてるって言ってたし、そろそろつらくなってきたのだろう。

「それが、全然釣れなくて……ごめんね」

姫ちゃんがうつむき、暗い表情で答える。

横目でちらりと僕を見て、「まだ内緒」と目で訴えていた。

「そ、そっか。まあ、仕方ないって！　きっとそのうち釣れるからさ、気にすんな！」

ホストさんは一瞬落胆した表情になったが、すぐに笑顔で姫ちゃんをフォローした。

「ありがと。また頑張るから、応援してててね！」

ぐっと両手で気合を入れる姫ちゃん。

その可愛らしい仕草に、ホストさんの顔がにへら、とデレる。

「そういうホスト君たちは、山で何か見つかったの？」

「いんや、何にも。よく分かんねえキノコは生えてたけど、毒キノコだったら危ないからさ、採ってこなかったよ」

「どんなキノコだったんだ？」

デブさんがホストさんに聞く。

「んーと、オレンジ色のやつだったかな。撮り鉄さんが写真撮ってたよ」

「オレンジ色……こんな形で、傘が肉厚だったか？」

デブさんが砂に絵を描いて見せる。

「ああ、そんな感じだった。食えるのか？」

「いいや、それはきっと毒キノコだよ。オオワライタケかツキヨタケだったかな。食ったら、大変なことになるぞ」

デブさんの言葉に、皆が「おお」と声を上げる。

「マジか。デブさん、キノコに詳しいんだな」

「いや、たまたまだよ。沖縄での企画を考えた時に、キノコとか野草も食えたほうが面白いかなって思って少し調べたんだ。でも、素人判断でもし毒キノコとか毒草を食ったら、下手したら死ぬから諦めた。野草とかキノコは、やめておいたほうがいいと思う」

さすが食レポ系ユーチューバー、そういった事前調査もしっかりしてきていたようだ。

彼の言うとおり、キノコの判断は難しいと聞くし、手は出さないでおいたほうがいいな。

「ほんと、ごめんね。午後は頑張ってお魚釣るから」

「よし！　もし今夜魚を食わせてくれたら、帰ってから好きなもん何でも奢《おご》ってやるから！」

「おっ、言ったなー？　回らないお寿司《すし》屋さんで、高いネタばっかり食べさせてもらうからね！」

姫ちゃんとホストさんのやり取りに、皆が笑う。

そうして僕らはのんびりと昼食時間を過ごし、再び作業に戻るのだった。

＊＊＊

太陽が大きく傾き、空が夕焼け色に染まる頃。

釣りを続ける僕たちの下に、デブさんとむっくんが一斗缶のカゴを手に歩み寄って来た。

「どうだ、魚は釣れたか？」

声をかけてくるデブさんに、姫ちゃんが振り向く。

「それが……」

暗い顔で言う姫ちゃんに、デブさんの表情も暗くなる。

「ダメだったか……まあ、また明日頑張れば――」

「ねえ、そこの岩の窪みのって……」

むっくんが、僕と姫ちゃんの間にある岩の窪みを指差した。

デブさんが窪みを覗《のぞ》き込み、目を丸くする。

「カワハギじゃねえか！　タチウオとイシガキダイも！　すげえ！」

窪みの中で泳ぐ3匹の魚に、デブさんが歓喜の声を上げた。

「なんだよ、暗い顔したから、てっきり坊主かと思ったぞ。驚かせるなって」

「あはは！　ごめんね！」

「びっくりさせたくってさ。期待どおりのリアクションをありがとう」

笑う僕と姫ちゃんに、デブさんもほっとした様子で表情を緩めた。

「昼間は一匹も釣れてなかったのに、急にどうしたんだ？」

「撒き餌をしてみたの。そしたら、上手くいっちゃった。すごくない？」

姫ちゃんがドヤ顔で胸を張る。

「撒き餌？　何を撒いたんだ？」

「フジツボだよ。貰ったカボチャチップスを食べてて、思い付いたんだ」

「なるほどなぁ。いや、2人とも大手柄だよ。これは豪勢な夕食になるぞ！」

「デブさん、魚捌くの得意だったりする？」

僕が聞くと、デブさんは自信ありげに頷いた。

「おう。自分で言うのも何だが、なかなかのもんだぞ」

むっくんが岩の隙間に挟まっていたペットボトル罠を取り上げる。

「……こっちもすご」

見てみると、中には小指ほどの大きさの小魚が4匹も入っていた。

「うお、本当だ！　そっちの罠はどうだ⁉」

デブさんとむっくんが、海から残りの罠も引き上げる。

なんと、そのすべてに小魚が入っていた。

フジツボの撒き餌に誘われて、集まってきたのかもしれない。

「よーし、腕を振るってやるからな！　3人とも、手伝ってくれ！」

デブさんが魚を手に、砂浜へと駆け戻って行く。

むっくんも罠を持って、その後を小走りで追って行った。

「えへへ。漫画家さん、やったね！」

姫ちゃんが上げた手に、僕はパチンとハイタッチした。

「だね！　あ、フジツボも持って帰らないと！」

僕らは採っておいたフジツボを回収し、デブさんたちの後を追った。

＊＊＊

小屋の前に戻ると、ホストさん、撮り鉄さん、助教授さんもすでに戻って来ていた。

焚火は赤々と燃えており、デブさんが座り込んで石の包丁を手にしている。

葉っぱの上に並べられた3匹の魚に、ホストさんが「うひょー！」と嬉しそうな声を上げていた。

「すげえ！　魚だよ魚！　ハンパねえ！　マジすげえ！」

「まさか、こんなにも立派な魚を釣るとは……」

大喜びのホストさんと、感心した様子で唸る助教授さん。

撮り鉄さんは、パシャパシャと魚を激写している。

「漫画家さん、姫ちゃん、すげえじゃん！　2人とも、マジで最高だよ！」

「でしょ？　ホスト君、帰ったらお寿司、奢りだかんね！　私、財布持って行かないから！」

「任せとけ！　いくらでも食わせてやるからな！」

小躍りしながら喜ぶホストさん。

他の皆もニコニコ顔で、すごく嬉しそうだ。

魚が釣れて、本当によかったな。

「なあ、なあ！　この魚、どうやって食うんだ⁉」

石の包丁でイシガキダイの鱗《うろこ》をこそぎ落としているデブさんに、ホストさんが聞く。

「イシガキダイと小魚は塩汁だな。カワハギは丸焼きにして、タチウオは塩を作って、それを振って炒《いた》めようと思う」

うきうきした様子で、デブさんが答える。

「特に、このカワハギは大きくて食いでがありそうだ。カワハギってのは、皮が厚くてさ。丸焼きにすると、水分が飛ばずにふっくら焼けるらしいんだ」

「やっぱりデブさん、詳しいんだな！」

「沖縄に来る前に、どんな魚がいるのかってのと調理法も調べておいたからな。せっかく魚が釣れても、上手く調理できないんじゃ台無しだ。動画の再生数も伸びないだろうし」

「あっ、そっか。釣った魚だけでサバイバルするつもりだったたんだっけ」

なるほど、とホストさんが頷く。

「漫画家さん、姫ちゃん、すごいじゃないか。罠も成功したみたいだし、久々にまともな食事ができそうだよ」

撮り鉄さんがカメラから顔を上げ、僕らに笑顔を向ける。

「姫ちゃんのおかげだよ。フジツボを細かくして撒き餌にしたら、魚が集まって来るんじゃないかって思いついてくれたんだ」

「なるほど、撒き餌かぁ。姫ちゃん、よく思いついたな」

感心する撮り鉄さんに、姫ちゃんが微笑む。

「デブさんのおかげだよ。持ってきてくれたカボチャチップスを見て、『美味しいものを食べたいのは魚も同じだ！』って思いついたの」

「こらこら、お前らもしゃべってないで手伝ってくれ」

鱗をこそぎ落とす手を止めて、デブさんが僕らを見る。

「一斗缶に、水を2リットルくらい入れてくれ。あと、カボチャは焚火の周りに置いて焼きカボチャにするから、薄くスライスしてほしいんだ」

「……じゃあ、カボチャを切るよ」

「一斗缶に水だな！　よっしゃ！」

むっくんとホストさんが、それぞれ作業に取り掛かる。

刃こぼれした時のために、石の包丁を追加で用意したので作業は分担できる。

とはいえ、本物の包丁には切れ味は遠く及ばないので、手を滑らせて怪我をしないように注意が必要だ。

むっくんが石斧でカボチャを叩き割り、おっかなびっくりといった様子で石の包丁でスライスし始めた。

「うわっ⁉ むっくん、危なっかしいなぁ。ちょっと貸してみ？」

姫ちゃんがむっくんから石の包丁を受け取り、トントン、とカボチャを薄切りにする。

失礼だけど、意外と上手い。

「ほら、こうやんの。やってみて」

「う、うん」

むっくんが見様見真似で、カボチャを切る。

でも、力が入りすぎているのか、ずるっと包丁がカボチャから外れてしまい、まな板代わりの石にガツンとぶつかった。

「あぶなっ⁉ もー、むっくん、ぶきっちょだねぇ」

「ご、ごめん……」

むっくんがしゅんとする。

　すると、姫ちゃんはむっくんの後ろに回り込み、覆いかぶさるようにして後ろから彼の両手を掴んだ。

「力が入りすぎなんだよ。一緒にやったげるから、感覚覚えてね」

「…………」

　むっくんは顔を真っ赤にしながらも、姫ちゃんに助けてもらってカボチャを切り始めた。

　背中に密着されているわ、顔は真横にあるわで、僕がその状況でもタジタジになるだろうな。

「こんな感じ。どう？」

「……も、もういい。分かったから」

「あいよー」

　姫ちゃんは軽く返事をして、彼から離れる。

　むっくん、姫ちゃんの顔をチラチラ見てるんだけど、包丁に集中しないと危ないぞ。

「おわっ⁉　ホスト君、どこ見てんだよ！　水が溢《あふ》れてるって！」

　デブさんの慌てた声にホストさんを見てみると、ペットボトルから注いでいる水が一斗缶から溢れていた。

じっと姫ちゃんたちを見ていたホストさんが、慌ててペットボトルを上げる。

「何やってんだよ。水は貴重品なんだから、気を付けてくれよな」

「ホスト君、どしたの？　疲れてるんなら、小屋で少し休んどけば？」

姫ちゃんがホストさんに振り向き、心配そうな表情を見せる。

姫ちゃん、気付いてないな……。

撮り鉄さんはその様子をカメラでパシャリと撮影し、「ほほう」と頷いている。

「いや、大丈夫！　ちょっとぼうっとしてただけだから！」

「……ねえ、こんな感じでいい？」

むっくんが、トントン、とカボチャを切りながら姫ちゃんに聞く。

「おっ、そうそう！　上手くなったじゃん！　これなら、任せても大丈夫だね」

姫ちゃんがにこりと微笑み、むっくんから離れる。

「やれやれ……誰か、塩を作ってくれないか？」

デブさんが僕らを見る。

「僕がやるよ。どうやって作るの？」

僕が聞くと、デブさんは手元にあったヘルメットを差し出した。

「これで作るんだ。海水を入れて、煮詰めれば塩ができると思うんだけど」

「なるほど。海水、汲《く》んでくるね」

僕は空の1リットルペットボトルを2つ手に取り、海へと走った。

ざぶざぶと膝くらいまで海水に浸かりながら、ペットボトル一杯に海水を汲む。

屈《かが》んでいた腰を上げ、ふと前を見る。

そこには、ものすごく綺麗《きれい》な夕日が輝いていた。

「……綺麗だな」

オレンジ色の夕日は水平線の少し上に真ん丸に輝いていて、まるで絵葉書のような美しさだ。

ざあっと打ち寄せる波の音。

遠くの空を飛んでいる海鳥の群れ。

夕日の光を反射して、うっすらと赤みがかった細い雲。

無人島で遭難なんて状況じゃなければ、心の洗濯には最高のシチュエーションだろう。

「おーい！　漫画家さん、どしたのー？」

「あっ、ごめんごめん！」

大声で呼びかけてくる姫ちゃんに謝り、皆の下に駆け戻る。

「じっと海を見つめてたみたいだけど、何かあったの？」

姫ちゃんが小首を傾げて聞いてくる。

「いや、景色があまりにも綺麗でさ。思わず見惚《みほ》れちゃったんだ」

「あはは。漫画家さん、のんきだねぇ」

姫ちゃんが笑いながら、僕からペットボトルを受け取る。

火にかけたヘルメットに、ドボドボと海水を注いだ。

「こう言ったら怒られるかもしれないけど……なんか、こうして皆でわいわいやるのが、すごく楽しいんだ。こんな気持ち、大人になってから初めてだよ」

「あ、漫画家さん、俺もそれ分かりますよ！　いろいろとしんどい目に遭いまくってるけど、不思議と楽しいっすよね！」

砂浜に腰を下ろしていたホストさんが、僕に笑顔を向ける。

「子供に戻った感じっていうか……何て言ったらいいのかな？　よく分かんないけど、うきうきしちゃって」

「だなぁ。『今を生きてる』って実感がすごくてさ。どういうわけか、わくわくが止まんないんだよな」

デブさんがイシガキダイの内臓を取り出しながらそう呟くと、ホストさんが「そう、それだよ！」と元気な声を上げる。

他の皆も同じ気持ちなのか、うんうん、と頷いた。

「こんなふうに皆で何かやるってのは、楽しいもんだな。俺、いつも1人で電車を撮りに行ってるから、新鮮で楽しいよ」

撮り鉄さんの言葉に、助教授さんは深く頷いた。

「そうだな……こんなに充実した日々を過ごすのは、何十年ぶりだろう」

助教授さんがしみじみと言う。

「こんな状況だが、キミたちに逢《あ》えて本当によかったよ。この歳《とし》でこんな気持ちになれるなんて、人生捨てたものじゃないな」

「あはは。助教授さん、まるでおじいちゃんみたいなこと言うね」

姫ちゃんの言葉に、皆が笑い声を上げる。

魚が釣れたおかげで、皆の心に余裕が生まれたからこその笑顔だろう。

本当に、釣りが成功してよかった。

「そういえば、助教授さんって何歳なの？」

「今年で55になるよ」

「へえ、そうなんだ！　見た目渋くて格好いいし、大学で准教授だなんて、人生完成してんじゃん。エリートって感じ」

「……いや、そんなことはないよ。この歳だったら、だいたいの人は教授になってるしな。褒められるような人間じゃない」

え？　と皆が助教授さんを見る。

「普通は、私くらいの歳になったら教授になっているものなんだ。私は落ちこぼれさ」

「え、あ……」

姫ちゃんが「しまった」という顔になる。

「で、でも！　准教授だってすごいですよ！　ものすごく勉強しないとなれないんだし、大丈夫ですって！」

「はは、ありがとう」

僕のフォローに、助教授さんが力なく笑う。

助教授さん、時々暗い顔をしているけど、何かあったのかな……。

「イシガキダイはこれでよし、と」

すると、デブさんが魚を切り終えて、一斗缶に放り込んで一息ついた。

「次はタチウオを切るか。撮り鉄君、やってみるか？」

隣でカメラを構えている撮り鉄さんに、デブさんが声をかける。

「いや、俺は写真を撮るのに集中するよ。こんなシーン、滅多に撮れないだろうしさ」

「ん、そっか。それじゃあ、姫ちゃん、やってみるかい？」

「うん！」

そうして、僕らは和気あいあいと夕食作りを進めたのだった。

＊＊＊

「ん！　今度は苦くないぞ！　ちゃんとした塩だ！」

ホストさんが指先に掬った真っ白な塩を舐《な》め、笑顔になる。

あれから1時間近く経過していたが、僕らはまだ夕食作りを続けていた。

というのも、塩づくりがなかなか上手くいかず、料理を進められなかったからだ。

ヘルメットで煮詰めたドロドロとした塩は、どういうわけかやたらと苦じょっぱくて食べられたものではなかった。

これはどういうことだ、と皆で頭を捻《ひね》っていたところ、助教授さんが「ひょっとして、これは『にがり』という物が混ざっているせいではないか」と気付いて、ドロドロをハンカチで濾《こ》してみることにした。

結果、その推測は大当たりで、ようやくまともな塩を手に入れることができた。

「助教授さん、ドロドロを濾せばいいなんて、よく分かりましたね」

ほっとした様子の助教授さんに、撮り鉄さんが言う。

「昔、小学校か中学校で習ったことを思い出しただけだよ。たしか、このにがりを使って豆腐を作るんだ」

助教授さんがにがりが捨てられたあたりに目を向ける。

「そうなんですか……そんなこと、学校で習ったかなぁ？」

撮り鉄さんが首を捻る。

助教授さんがそう言うのだから僕も習ったのだろうけど、まったく記憶にない。

他の皆も同じようで、うーん、と首を捻っていた。

「学校で習う知識というものも、バカにはできないということだな。興味がない分野でも、真面目に聞いておいて損はない。さて……」

助教授さんがしゃがみ込み、フジツボの身が刺さった細い枝を手に取った。

「塩もできたことだし、これも焼き始めようか。デブ君、いいかな？」

「ええ、いいですよ。フジツボが焼ける頃には、他のも出来上がると思うんで」

デブさんがヘルメットの底に溜まった塩の結晶を、半分に割られた竹に移す。

昼間のうちにデブさんがたくさん作ってくれたようで、食器として使うことになった。

節があるおかげで、立派なお椀《わん》として使える。

皆はフジツボ串をそれぞれ手に取って、焚火で炙《あぶ》り始めた。

「ああ、腹減った。目が回りそうだ」

ホストさんは火にかけたフジツボ串をくるくると回し、待ちきれない様子だ。

「……カボチャは焼けてるみたいだよ」

むっくんが、焚火のすぐ傍《そば》に置いた石の上で焼かれているカボチャスライスを、枝の箸で摘《つ》まんでホストさんに差し出す。

「いやいや、ここは魚から食べるしかないっしょ！　カボチャはあとあと！」

「あはは。頑張って釣ったんだから、味わって食べてよ？」

「おう！　がっつり味わわせてもらうぜ！」

フジツボ串を炙る姫ちゃんに、ホストさんが笑顔を向ける。

そうして話しているうちに、タチウオの炒め物、イシガキダイの塩汁、カワハギの丸焼きが完成した。

竹のお椀と大きな葉っぱのお皿に、デブさんが塩汁と炒め物を取り分ける。

カワハギの丸焼きは、順番に回して食べるとのことだ。

皆でいただきますをし、夕食が始まった。

「ああ、魚だ。動物性たんぱく質だ……うめえ、うめえよ……」

タチウオの炒め物を頬張ったホストさんが、えぐえぐと泣きべそをかき始めた。

それほどまでにカボチャ以外のものに飢えていたのか。

「美味いな……今まで食べたどんな料理よりも、間違いなく一番美味い」

「私、この味、一生忘れないよ。ほんと美味しい」

助教授さんがカワハギを箸で食べながら、姫ちゃんがイシガキダイの塩汁を飲みながら、しみじみとつぶやく。

他の皆も、美味い、美味いと連呼しながら料理を頬張っている。

もちろん、僕もだ。

「本当に美味しいね……調味料が塩しかないのにこんなに美味しい料理を作れるなんて、デブさん、料理人になれるんじゃない？」

僕が言うと、デブさんは塩汁をすすりながら肩を揺らせて笑った。

「はは。そりゃあ言い過ぎだよ。皆ハラペコで久々に魚を食べたから、そう思うだけさ」

「いやいや、そんなことないって。こんなに美味しい魚料理、食べたことないよ」

「うお、このカワハギの丸焼き、すげえ美味いな！」

撮り鉄さんがカワハギの身を箸で食べながら、驚いた声を上げる。

カワハギは表面の皮が黒く焦げていて、ヒレも燃え尽きてしまっているほどに焼かれている。

それなのに、中の身は真っ白でホクホクな状態だ。

「俺、焼き魚っていったら秋刀魚《さんま》か鮭《さけ》くらいしか食べたことないけど、それよりもずっと美味いよ。デブさん、ユーチューバーやめて料理人になっちゃえよ」

「大げさだなぁ。これ、全部初めて作ったんだぞ？」

「初めてでこんなに美味く作れるなんて、天才だよ。ほら、自分でも食ってみろって」

デブさんが苦笑しながら、カワハギを受け取る。

身をほぐして一口食べ、「美味い」と満足そうに頷いた。

「ねね。明日のことなんだけどさ、私、また釣り担当でもいいかな？」

姫ちゃんがデブさんに尋ねる。

「今日釣った魚、実は全部私が釣り上げたんだ。手応え感じてるから、このまま続けたいの」

「へえ、そりゃすごいな。ということは、漫画家さんは坊主だったのか」

デブさんが僕を見る。

「うん。何度か引いたんだけど、逃げられちゃった。それに引き替え、姫ちゃんは才能あるよ」

「ふうん、姫ちゃん、勘がいいんだな。なら、明日も任せたほうがよさそうだな」

デブさんが言うと、皆が頷いた。

「うむ。やはり、一番の課題は食料調達だからな。漫画家君も、明日リベンジするかい？」

助教授さんが僕に話を振る。

「いえ、僕は船作りがしたいですね。いろいろと体験しておきたくて」

「漫画のネタにするんですね！」

泣きべそをかきながら魚を食べていたホストさんが、ぱっと笑顔になって僕を見る。

ころころと表情が変わって、面白い人だ。

「うん。船作りなんてやったことないからさ。きっと、いいネタになると思うんだ」

「ということは、企業戦士リザードマンシリーズ、無人島遭難編の連載決定ですか⁉」

「あはは、そうだね。せっかくこんな体験をしてるんだし、漫画にしないともったいないよね」

「うわー！　すごく楽しみっす！　絶対に描いてくださいね！」

「うん、分かった。今からプロットを考えないとだ」

「それならさ、今私たちがこうして体験してることを、そのまま漫画にしちゃったら？」

姫ちゃんの提案に、ホストさんが「それだ！」と彼女を指差す。

「姫ちゃん、ナイスアイデアだよ！　実体験を元に描いたってタグつけてツイッターで流したら、すげえ話題になりそうだし！」

「はは、そりゃ面白いな。俺ら、漫画の登場人物になるのか」

デブさんが笑顔になる。

「でしょ？　めっちゃ人気出て、出版社から声がかかったりして！　漫画家さん、もしそうなったら、私らにも出演料ちょうだいね！」

「あはは。うん、分かったよ」

皆で、ああしたらどうだ、こうしたほうが面白そうだ、と漫画の設定作りに盛り上がった。

そうして、楽しい夕食の時間はあっという間に過ぎ、就寝の運びとなった。

魚は3匹だけだったので満腹とはいかなかったけど、イシガキダイの塩汁をたっぷり飲んだおかげで大満足だ。

今日も火の番の順をじゃんけんで決め、僕は3番目になった。

小屋の中に、ごろんと横になる。

相変わらず砂の上に寝転ぶ状態だけど、視界一杯に広がる枝葉の屋根がとても頼もしい。

明日はもっと魚が釣れるといいね、船作りも頑張ろうね、などと少しだけ言葉を交わし、僕は目を閉じた。

＊＊＊

無人島遭難、4日目の朝。

日の出とともに目を覚ました僕たちは、焼きカボチャスライスの朝食を済ませて、それぞれ作業に取り掛かることになった。

今日は、姫ちゃんと助教授さんが魚釣り、他の皆は船作りだ。

というのも、昨日一日でペットボトルに貯めた雨水を半分近く使ってしまったことが判明し、もしまた雨が降らなかったら危険だという話になったからだ。

生き残るためには、救助を待つか、島を脱出するかの2択しかない。

水に余裕があるうちにどちらかを選択するために、急いで船を作る必要がある。

「それじゃ、魚釣りに行ってくるね」

「皆、しっかりな。熱中症にならないように、こまめに水分補給をするんだぞ。節約しようなんて、考えなくていいからな。あと、怪我だけはしないように気を付けてくれ」

姫ちゃんと助教授さんが僕らに言い残し、釣り竿と水の入ったペットボトルを持って海へと歩いて行った。

「それじゃ、始めるとするか。まずは狼煙を上げるか？」

「だな。あと、もっとしっかりしたSOSも書こうぜ。昨日書いたやつ、あんまり目立たないしさ」

デブさんの提案に、撮り鉄さんが答える。

砂浜を見てみると、昨日デブさんとむっくんが砂に書いたSOSの文字は、枝や石を並べて作ったものだ。

隣には「やばたにえん」の文字も書いてあるのだけれど、枝は細いものが多く石も白や薄灰色のものが混ざっていて、あまり目立ちそうにない。

「確かにそうだな。もっとしっかり作るか。撮り鉄さん、一緒にやろうぜ」

「了解だ。漫画家さんたちは、船作りを進めてくれ。こっちが終わったら、合流するからさ」

「うん、いいよ。船の傍においてある竹、使っちゃって。船用には、また新しく切ってくるから」

デブさん、撮り鉄さんと別れ、僕ら3人は石斧と水の入ったペットボトルを持って森へと向かった。

「竹林って、どこにあるの？」

「あっち」

むっくんが森を指差す。

「……少し離れてるけど、道は歩きやすかったから、楽に運べると思う」

「切るのに手こずるかと思ったんすけど、中が空洞だから結構簡単に切れましたよ。半分くらい切って、あとは皆で押してへし折れば一発っす」

ホストさんの言葉に、むっくんが頷く。

竹はよくしなるので切りにくいかと思ったんだけど、むしろ普通の木よりも切りやすいのか。

むっくん、ちょっとずつ話してくれるようになってきたな。

もう何日かすれば、笑顔も見せてくれるようになるのかな。

「そうなんだ。竹なんて切ったことないから、知らなかったよ」

「あ、でも、真っ青で太いやつは厳しいっす。少し白くなってるやつがいいですね」

話しながら森へと入り、竹林を目指す。

太陽が猛烈に照り付ける砂浜と違って、枝葉のおかげで日差《ひざ》しが遮られてありがたい。

とはいえ、風がなくてむわっとした熱気があるので、これはこれでつらい。

しばらく歩くと、青々と茂る竹林が見えてきた。

「おっ、これか！　たくさん生えてるね」

手近な白みがかった竹に歩み寄り、斧《おの》を打ち付ける。

ガツン、と甲高い音が響き、竹に切れ込みが入った。

「助教授さんが言うには、両側から切れ込みを入れて切るのがいいらしいっすよ」

「そうなんだ。やってみるね」

ホストさんの助言に従い、均等になるようにがんがんと斧を打ち付けていく。

なるほど、中が空洞のおかげで、スムーズに切れていくな。

「ふう。これくらいかな？」

「引っ張るよ」

むっくんが竹に手をかける。

僕とホストさんも手伝ってグイグイと左右に揺さぶると、メキメキと音を立てて竹が折れた。

「できた！」

「結構簡単っすよね。何本かまとめて切って、順番に運びましょっか」

続けて、別の竹の伐採に取り掛かる。

僕とホストさんが石斧で竹を切り、むっくんは付近の木に絡みついていた蔓を取る。

何本かの竹をまとめて縛り付け、引っ張って運ぶらしい。

昨日もやったからか、かなり手際がいい。

「手、怪我しないでよ」

竹を縛る僕の手を、むっくんが見つめる。

「うん、気を付けるよ。でも、もし怪我したら、姫ちゃんの時みたいに薬を塗ってくれる？」

「うん」

少し柔らかい表情で頷くむっくんに、僕は微笑み返した。

そんなこんなで、僕らは張り切って竹の伐採に取り組むのだった。

＊＊＊

夕方に差し掛かる頃、僕らはデブさん、撮り鉄さんとも合流して船作りに励んでいた。

7人乗れないといけないので、かなり大掛かりな船になりそうだ。

今は、山で切り出してきた大量の竹で船底を作っているところだ。

竹だけだと浮力が足りないだろうとのことで、砂浜に打ち上げられていたペットボトルや発泡スチロールをたくさん拾い集めた。

作ろうとしている船の形は、竹を並べた船底を2つ作り、それらを数本の竹を渡して繋げるというものだ。

2つの船底を真横に繋げる竹には中央に1本だけ垂直に竹を置いて、しっかりと針金で縛って固定する。

船底の下にはペットボトルや発泡スチロールを縛り付けて、浮力を得る。

船というよりは、中央部分がスカスカな筏《いかだ》と言ったほうがしっくりくる形だ。

船の設計は、昨日助教授さんがしてくれたらしい。

「よいしょ……よし、こっちは縛り付けたぞ」

空のペットボトルを縛り付けていた撮り鉄さんが、腰を上げた。

「かなり順調だな。投網の紐もまだあるし、竹も取り放題だし、立派な船が作れるぞ」

「そうだな。魚釣りも順調そうだし、明日は干物が作れるといいんだけど」

投網をほぐして糸を作っていたデブさんが、波打ち際を見やる。

昨日僕が釣りをしていた岩場で、姫ちゃんと助教授さんが並んで釣り糸を垂らしている。

昼食の時は魚がちょうど7匹釣れていて、焼き魚を1人1匹食べることができた。

フジツボのスープも食べたおかげで、皆元気いっぱいだ。

竹の器にいれたスープは竹の香りが仄《ほの》かにして、すごく贅沢《ぜいたく》な味わいだった。

「カボチャチップスも、いい感じに乾いたみたいだな」

デブさんが近くの岩で天日干ししていた、スライスカボチャを見る。

さっき1つ食べさせてもらったけど、昨日よりカリカリになっていてとても美味しかった。

「なあ、そろそろ夕食にしないか？　腹減っちまったよ」

ホストさんが疲れた様子で、その場に座り込む。

「だな。おーい！」

デブさんが姫ちゃんたちを大声で呼ぶ。

すると、2人は振り返って、おいでおいでをした。

「来いってことは、たくさん釣れたのかな？」

「かもしれないね。一斗缶持って行こうか」

僕は小屋の傍に置いてあった一斗缶を取りに走った。

皆で彼女たちの下へと歩いて行く。

「どうだ、釣れたか？」

「あったり前田のクラッカー！　見て目ん玉飛び出すくらい驚きやがれってんだ！」

デブさんの問いかけに、姫ちゃんが化石みたいな台詞《せりふ》を吐いてドヤ顔で岩の窪みを指差した。

そこには、なんと大小様々な10匹以上の魚が。

「うわ⁉　こんなに釣れたのか！」

「私、7匹も釣ったんだよ！　助教授さんも4匹釣ったしね？」

と姫ちゃんが助教授さんを見る。

「ああ。こんなに釣れるとは思わなかったよ。そっちの罠はどうだ？」

助教授さんに言われ、僕とむっくんが岩に挟まっているペットボトル罠を引き上げた。

「……っ、入ってるよ！」

「すごい……全部大漁だ」

ペットボトル罠も大漁で、皆に安堵《あんど》の空気が広がる。

「すっげえな！ これなら、明日からもたくさん釣れそうだな！」

ホストさんが大喜びで岩によじ登り、魚を1匹掴む。

小さな窪みにぎゅうぎゅう詰めにされていた魚はかなり弱っていて、少し尾を動かす程度だ。

「漫画家さん、一斗缶貸してください」

「うん」

ホストさんが魚を一斗缶に移している間に、姫ちゃんと助教授さんは釣り糸を引き上げた。

今日の釣りは、これにて終了だ。

「フジツボも一応採っておいたが、使うかい？」

助教授さんの言葉に、デブさんが頷く。

「はい。それは明日の朝食でスープにしましょうかね」

「早く！ 早く戻ろうぜ！ もうハラペコだ！」

「あはは。ホスト君、全然元気じゃん」

「んなことねえって！ ヘロヘロだし！」

そうして、魚とフジツボを回収して小屋へと戻った。

焚火を囲み、鱗を落とした魚の口に枝を突っ込んで砂に挿していく。

カワハギも2匹いて、昨夜と同じように丸焼きにするようだ。

あれこれ話しながら魚が焼けるのを待ち、夕食となった。

水平線の少し上にはまだ太陽が出ているおかげで、明るい中での食事だ。

「はふはふっ……うん！　美味い！　最高！」

ホストさんが魚の串焼きにかぶりつき、喜びの声を上げる。

「いやぁ、姫ちゃん、助教授さん、マジで最高だよ！　明日も2人で釣りしてくれねえか？」

「うん、私も釣りがいいな。助教授さん、一緒にやろうよ」

姫ちゃんが誘うと、助教授さんは頷いた。

「ああ、そうしよう。何だかコツが摑めた気がするしな」

「これだけ魚が獲れれば、船に載せる保存食も何とかなりそうだな」

デブさんの言葉に、他の皆も頷いた。

今日も一日中狼煙を上げていたのだけれど、結局救助は来ていない。

飛行機は一度も見ていないし、姫ちゃんたちが何も言わないということは、船も見つけられなかったのだろう。

無人島脱出計画が、現実味を帯びてきた。

「……食べ物は、たくさん持って行かないと。海の上にどれくらいいるのか分からないし」

「そうだな。明日からは、食べるのはできる限り魚だけにして、カボチャは節約していかないか？」

むっくんに同意した撮り鉄さんが、小屋に置かれている2つのカボチャに目を向ける。

「それがいいね。干したカボチャなら、魚の干物よりも長持ちしそうだし。丸のまま持って行って、船で食べる時に切り分けてもいいしね」

「カボチャ、俺もう食いたくないっす……」

僕が言うと、ホストさんは笑顔から一転してげんなり顔になった。

「何言ってんの。食べられるものがあるだけ、ありがたいと思いなって」

姫ちゃんが顔をしかめて言う。

「そりゃ分かってるけど、野菜ばっかりってのはマジでキッいんだよ……」

「もー。野菜はちゃんと食べないとダメだよ！　私なんて、いつも里芋の煮っころがしとか、小松菜のお浸しとかばっかり食べてるんだから。肉ばっか食べてると、将来ハゲるよ！」

姫ちゃん、普段からお年寄りが食べるようなものばかり食べてるんだな。

仲良くしてるお年寄りから作り方を教えてもらったのかな？

「マジかよ……それって、自分で作ってるのか？」

「そだよ。自炊しないと、お金かかって仕方がないし。お肉食べるのは、パパ活の時くらいかな」

「そ、そっか。ならさ、帰ったら毎日俺に飯作ってくれよ。野菜が好きになるように頑張るからさ！」

ホストさんが突然、告白じみたことを言った。

皆、驚いて彼を見た。

「いや、それくらい自分で作りなよ。作り方は教えてあげるから」

「えっ⁉　……お、おう」

ホストさんが少し凹《へこ》んだ様子で頷く。

ホストさん、ドンマイ。

「食料もそうだけど、水は本当に節約しないとな。ペットボトルに入れられるだけ入れて、船に載せないと」

「あと、薪だけじゃなくて、枯草もたくさん持って行かないとだぞ。船の上でもし火が消えちまったら、薪だけじゃ火をおこせないからな」

デブさんと撮り鉄さんが真面目な顔で言う。

そうして、船に載せる物資はどれくらいがいいとか、雨が降った時に雨よけになるものが必要だとかいった話で盛り上がった。

2日前に降った雨のおかげで廃墟の水はたっぷり補充されているので、数日中に船出をすれば、しばらくの間は耐えられるだろう。

大陸まで到達とはいかなくても、どこか別の島には着けるかもしれない。

とはいえ、船で脱出するのは最後の手段だ。

下手すれば死の航海になりかねないし、早く救助が来てくれればいいのだけれど。

＊＊＊

食事を終えて焚火を囲みながらのんびりしていると、隣に座る助教授さんが暗い顔をしていることに気が付いた。

他の皆は会話が盛り上がっていて、僕らには目を向けていない。

「助教授さん、どうしました？」

「いや……今までの日常より、この島での生活の方が楽しく感じてしまってな。自分から脱出しようと言っておきながら……島を離れるのが、少し寂しいんだ」

楽しげに話すホストさんや姫ちゃんたちを、助教授さんが眩《まぶ》しそうな表情で見つめる。

「……その気持ち、分かります。毎日大変だけど、楽しいですよね」

僕が言うと、助教授さんが苦笑した。

「おかしなものだな。下手すれば死ぬような状況だというのに、これほどまでに充実した気持ちが持てるなんて」

「きっと、全員がすごく前向きだからですよ。1人でも非協力的な人がいたら、こうはならなかったと思います」

助教授さんが、「そうだな」と頷く。

「確固たる目的があって、それに向かって邁進《まいしん》するというのは素晴らしいものだな。昔は、私もそんな時があったはずなんだが。今まで忘れていたようだ」

「僕だって似たようなものですよ。毎日惰性で生きてただけですし」

「──よっしゃ！　そこまで言うなら、俺の美声を聞かせてやろうじゃねえか！」

僕と助教授さんがしんみりと話していると、ホストさんが立ち上がった。

「お前ら、合いの手頼むぜ！　イエー！」

マイク代わりに魚の頭を持ったホストさんが、片手を上げて皆を盛り上げる。

「おう！　いいぞ、歌え歌え！」

「下手くそだったらしばき倒すぞー！」

「ホスト君頑張ってー！」

はやし立てる皆に、ホストさんがにっと笑い、歌いだす。

歌い始めは何の曲か分からなかったけど、サビに入ると歌に疎い僕にもすぐに曲名が分かった。

しばらく前に流行《はや》った、やたらとテンションが高い夏の曲だ。

完璧な合いの手を入れる姫ちゃん。

違う歌詞の合いの手を入れているが気にしていない撮り鉄さん。

まったく曲を知らない様子だけど、「イエー！」などと大声で盛り上げるデブさん。

恥ずかしそうにしながらも、手拍子をするむっくん。

皆、すごく楽しそうだ。

というか、ホストさん、歌詞を完璧に暗記してるのか。

恥ずかしがる様子はゼロで、全身を使って踊りながら熱唱している。

さすがは元ホストだ。

「ほう。ホスト君、歌が上手いんだな」

歌うホストさんを眺め、助教授さんも手拍子をする。

自分で美声と言うだけあって、かなり上手い。

「ですね！　ホストさん、いいぞー！」

そうして僕らは大騒ぎしながら、楽しい夕食時間を過ごした。

ホストさんはその後も3曲立て続けにテンションの高い曲を歌い、最後は「もう無理」と言って砂浜に倒れ込んでいた。

第4章　生命の危機

無人島遭難5日目の朝。

いつものように日の出とともに、僕らは目を覚ました。

今は、デブさんが作ってくれたフジツボのスープで朝食中だ。

「姫君《くん》、大丈夫か？　顔色が悪いぞ」

曇った表情でスープをすする姫ちゃんに、助教授さんが声をかける。

「うん……何だか熱っぽくて」

姫ちゃんは疲れた顔をしていて、どことなく気だるそうだ。

他の皆も、心配そうな表情を彼女に向けている。

「昨日、あれだけ大騒ぎをしたからな。今まで大変だったし、疲れが出たんだろう」

「姫ちゃん、今日は休んでおいたら？　体調を崩したら大変だよ」

「で、でも、私だけ休んでられないよ……」

姫ちゃんが申し訳なさそうな顔で僕を見る。

「……休まなきゃダメだよ。無理することないから」

むっくんがぽつりと言う。

「休んでてよ。大丈夫だからさ」

「むっくん……うん、分かった。ありがとね」

姫ちゃんがむっくんに微笑《ほほえ》む。

彼女が安心して休んでいられるように、僕らが頑張らないといけない。

「デブ君、姫君の代わりに、私と釣りをしないか？」

「ええ、いいですよ。そしたら、他の皆は船作りですね」

そうして話はまとまり、僕らは早々に朝食を済ませて、それぞれ作業に向かった。

＊＊＊

その後、僕はホストさん、撮り鉄さん、むっくんとともに、竹林にやって来た。

「姫ちゃん、大丈夫ですかね？　かなり顔色が悪かったですけど」

竹に斧《おの》を振るいながら、ホストさんが僕に尋ねてくる。

すぐ傍《そば》では、撮り鉄さんがむっくんと別の竹を切っている。

「心配だよね。早く良くなるといいんだけど」

「ですね……むっくん、この間、傷薬を作ってたけど、熱冷ましも作れたりしねえかな？」

ホストさんが声をかけると、むっくんは首を振った。

「ホスト君、ずいぶんと姫ちゃんのことを気にかけるじゃんか。もしかして、気があるのか？」

撮り鉄さんが、からかうような口調で尋ねる。

すると、ホストさんは真面目な顔で頷いた。

「ああ。惚《ほ》れちまった」

「えっ、マジか!? いや、そうじゃないかなとは思ってたんだけどさ」

「あの子、すげえいい子だよ。気遣いはできるし、明るいし、思いやりはあるしさ。あんな子と付き合えたら、毎日楽しいだろうなって思うんだ」

「そっかぁ。まあ、ホスト君の言うとおりだよな。姫ちゃん、いい子だよな」

うんうん、と撮り鉄さんが頷く。

そして、ちらりとむっくんを見た。

むっくんはじっと黙ったまま、視線を落としている。

そして、顔を上げてホストさんを見た。

「……姫ちゃんのために、竹でベッドを作らない？」

その提案に、皆が、「おお」と声を漏らす。

「それはいいな。砂の上にごろ寝じゃ、全然疲れが取れないもんな」

「むっくん、ナイスアイデアじゃん！　……で、ベッドってどうやって作ればいいんだ？」

ホストさんが首を傾《かし》げる。

「四角い枠にした竹の間に紐《ひも》をたくさん通して、その上に葉っぱを敷き詰めればいいんじゃないかな。あと、四隅に脚を付けて高さを確保してさ」

「あっ、なるほど！　漫画家さん、冴《さ》えてますね！　さすがっすよ！」

「そういうベッドを、何かの雑誌で見たことがあっただけだよ。投網の紐なら人が乗っても切れないだろうし、上手《うま》くいくんじゃないかな？」

「ですね！　それじゃ、早いとこ竹を切って、小屋に戻りましょう！　ベッドを作ったら、姫ちゃん、びっくりしますよ！」

そうして、僕らは大急ぎで竹を伐採した。

竹の葉をベッドに使えばいいのでは、という話も出たけれど、竹の葉は硬くて体にチクチク刺さりそうなのでやめておいた。

ベッドが出来たら、落ち葉を拾い集めてくればいいだろう。

何本もの竹を引きずって、えっちらおっちらと海岸へと運ぶ。

作りかけの船の傍にそれらを置き、さて、と一息ついた。

「姫ちゃん、どんな様子かな？」

僕が小屋の方を見てみると、姫ちゃんは助教授さんの上着を毛布代わりに体にかけて横になっていた。

無理して起きているのでは、と少し心配していたので、ほっとした。

「とりあえず、昼飯までそっとしときましょ。んで、それまでにベッドを作って驚かせてやるんですよ！」

ホストさんが意気込む。

「そんじゃ、やるとするか。船作りを放置ってわけにもいかないから、手分けしないか？」

撮り鉄さんの提案に、それがいい、とチーム分けをすることになった。

ベッド作りは完成図が思い浮かんでいる僕と、自分もやりたい、と手を上げたむっくんが担当だ。

船作りに取り掛かる撮り鉄さんとホストさんのすぐ隣で、僕らはベッドを作り始めた。

＊＊＊

しばらく僕らが作業を続けていると、デブさんと助教授さんが一斗缶とペットボトル罠を手にやってきた。

釣り竿《ざお》は、海岸に置きっぱなしのようだ。

「そろそろ昼飯にしようぜ。今日も大漁だぞ」

デブさんが一斗缶を僕らに掲げて見せる。

「ん？　ベッドを作っているのか？」

助教授さんが、僕とむっくんが作っている竹のベッドに気付く。

「ええ。姫ちゃんに使ってもらおうと思って」

「ベッドがあれば、よく休めるんじゃないかって思ったんすよ」

僕とホストさんの言葉に、助教授さんは嬉《うれ》しそうに微笑んだ。

「そうか……姫君、きっと喜ぶだろうな」

そう言って、小屋に目を向ける。

姫ちゃんは相変わらず、横になっていた。

しっかり眠れているといいのだけれど。

「小屋の前で料理をして起こしてしまっても可哀《かわい》そうだ。デブ君、昼食の支度はこっちでやらないか？」

「ですね。俺、道具を取ってきます。助教授さん、火をお願いできますか？」

「ああ、分かった」

デブさんが小屋へ、助教授さんが少し離れた場所で煙を上げている狼煙《のろし》へと歩いて行く。

小屋の前で焚《た》いていた焚火《たきび》は消えてしまっているが、狼煙があるので火は確保済みだ。

「僕らは落ち葉を集めようか。そうすれば、ベッドは完成だよ」

「よっしゃ！　昼飯ができるまでに、完成させちゃいましょう！」

皆で勇んで森へと向かった。

＊＊＊

「落ち葉って、何でもいいんすかね？」

ホストさんが地面にしゃがみ込みながら落ち葉を探す。

青い葉や茶色い枯れた葉っぱが、たくさん落ちていた。

「なるべく枯れた葉っぱがいいと思うよ。青い葉っぱだと、湿り気がでちゃうかもだし」

「了解っす。枯れた葉っぱですね」

「おい！　皆、来てくれ！」

僕らが枯れ葉を選んで拾い集めていると、突然、小屋の方から声が響いた。

何事だ、と皆で小屋へと走る。

「どうしたの？」

僕らが駆け付けると、デブさんが姫ちゃんの傍で膝立ちになり、青い顔をしていた。

「姫ちゃんが大変なんだ！　すごい熱だぞ！」

「えっ⁉」

姫ちゃんを見ると、顔は真っ赤で、額に玉のような汗を浮かべていた。

はあはあと荒い息を吐いており、かなり苦しそうだ。

「おい、どうしたんだ？」

助教授さんも駆け戻って来て、姫ちゃんを見て顔色を変える。

「これは……おい、姫君、大丈夫か？」

助教授さんが姫ちゃんに声をかける。

肩を揺すってみるが反応せず、荒い息を吐き続けている。

どうやら、意識がないようだ。

「姫ちゃん……」

「姫ちゃん！　しっかりしろよ！」

むっくんが愕然《がくぜん》とした顔になり、ホストさんが大声で呼びかける。

それでも姫ちゃんは、目を閉じたまま苦しそうに息をするだけだ。

「とりあえず、熱を下げないとまずい。水のペットボトルをくれ」

「こ、これ！」

助教授さんがむっくんからペットボトルを受け取り、顔をしかめた。

「これでは温《ぬる》すぎる。500ミリのペットボトルに、海水を入れてきてくれ。彼女の脇の下に入れて、体を冷やすんだ」

「分かった！」

むっくんが空のペットボトルを引っ摑《つか》み、海へと走る。

彼が海水を汲《く》んでくる間、助教授さんはハンカチで彼女の汗を拭い、僕らはそれをじっと見つめた。

薬もなく、助けも呼べず、途方もない絶望感と無力感が僕らに襲い掛かる。

今さらながらに、自分たちが置かれている状況の危うさを痛感した。

昨日まで元気にしていた人が、こうも簡単に体調を崩すなんて、本当に恐ろしい。

昨夜に助教授さんと話していて感じた島に対する温かさが、一瞬のうちに消え去ってしまった。

「助教授さん、姫ちゃんに水を飲ませてやったほうがいいんじゃないですか？」

ホストさんがそう言うと、助教授さんは首を振った。

「いや、意識がない状態で飲ませても、誤嚥《ごえん》してしまうかもしれない。何とか目を覚ましてくれればいいんだが……」

「これでどう⁉」

駆け戻ってきたむっくんが、助教授さんに2本のペットボトルを差し出す。

助教授さんはそれを受け取ると、姫ちゃんの両脇の下に挟んだ。

「……今は、これくらいしかできない。デブ君、彼女が目を覚ました時に、何か食べやすいものを作れないか？」

「そうですね……カボチャのポタージュなら何とか。牛乳も生クリームもないから、ただ煮たのを潰《つぶ》すだけですけど」

「それで構わない。頼む」

「分かりました」

デブさんがヘルメットに包丁を入れ、カボチャと斧を持って狼煙へと向かった。

「助教授さん、俺らにも何かできることはないっすか⁉」

ホストさんが泣きそうな顔で尋ねる。

「そうだな……廃墟《はいきょ》から、汲めるだけ水を汲んできてくれ」

「分かりました！　撮り鉄さん、一緒に来てくれ！」

「おう！」

ホストさんと撮り鉄さんが2リットルペットボトルを抱え、駆け出して行く。

「ねえ、僕も何か……」

むっくんがおずおずと言う。

「いや、他にできることは……彼女は私が見ているから、昼食の支度をしてくれないか？」

「……分かった」

「僕もやるよ。行こう」

姫ちゃんを助教授さんに任せ、僕はむっくんとデブさんの下へと向かう。

デブさんのところへ行くと、彼は座り込んで斧でカボチャを割っているところだった。

「デブさん。お昼ご飯、僕らも手伝うよ」

デブさんが腕で汗を拭い、僕らを見上げる。

「そうか……やりかた、分かるか？」

「見様見真似《みようみまね》だけど、やってみる。魚のスープでいいかな？」

「ああ、それでいい。塩はそこの竹皿に入ってるから、使ってくれ」

僕らは頷《うなず》き、手元に魚がないことに気が付いた。

作りかけの船の傍に置きっぱなしになっている一斗缶へと、とぼとぼと歩いて向かう。

「あのさ……ベッド、先に作らない？」

僕が一斗缶を手に取ると、むっくんが言った。

「あ、そうだね……でも、魚も早く調理しないと傷んじゃうかな」

一斗缶の中には海水は入っておらず、魚はすでに死んでいた。

この暑い中置いておいたら、すぐに腐ってしまいそうだ。

「僕は料理をするから、むっくんは落ち葉をベッドに敷いておいてくれる？」

「うん……できたら呼ぶから」

むっくんが森へと駆けて行く。

僕は陰鬱な気分になりながら、デブさんの下へと戻るのだった。

＊＊＊

数十分後。

僕は魚を捌《さば》いてはペットボトルに入れた海水で洗い、ぶつ切りにして鍋代わりの一斗缶に入れることを繰り返していた。

隣では、デブさんがヘルメットでカボチャを煮ながら僕に指導しつつ、予備の石の包丁で木を削っていた。

すりこ木を作り、煮えたカボチャを潰すのに使うらしい。

「漫画家さん、上手いじゃないか。コツを摑んだな」

4匹目を捌いていると、デブさんが褒めてくれた。

1匹目の魚を摑んでまごついている僕を見かねて、見本を見せてくれたおかげだ。

「うん。切るところを間違えなければ、綺麗《きれい》に内臓が取れるんだね」

「ああ。下手なところを切るとグチャグチャになっちゃうからな。丁寧に、思いきりよくやるのが上手に捌くコツだ」

石の包丁は切れ味が悪く、魚を捌くのは一苦労だ。

デブさんは手際よくぱぱっとやっていたけれど、とても同じようにはいかない。

「さて、そろそろ煮えたかな」

デブさんが枝の箸でカボチャを一欠片《かけら》摘まむ。

薄くスライスされたカボチャはよく煮えていて、箸で簡単に潰れた。

「漫画家さん、ヘルメットを火から下ろすのを手伝ってくれ」

「うん」

2本の太い枝の両端を2人で持ち、ヘルメットを挟んで慎重に火から砂の上に下ろした。

デブさんは作ったすりこ木を水で洗い、カボチャを潰し始める。

「……姫ちゃん、心配だな」

「そうだね……」

熱を出して意識を失うなんて、かなり具合が悪いのだろう。

もしもこのまま、彼女が死んでしまったら。

そう考えると、恐怖で頭がいっぱいになってしまう。

すぐに薬が手に入り、いつでも病院に行けた普段の生活がどれほどありがたいものだったのか、本当に身に染みた。

無人島生活でわくわくを感じていた自分が、ものすごく愚かに思えてきてしまう。

そうして黙って料理を続けていると、むっくんが歩み寄ってきた。

「ベッド、できたよ」

むっくんが船の傍のベッドに目を向ける。

たくさんの落ち葉が敷き詰められていて、あれなら寝心地もよさそうだ。

「お疲れ様。姫ちゃんのところに運ぼっか。デブさん、残りの魚は任せてもいい？」

「おう。やっておくよ」

料理の続きをデブさんに任せて、僕はむっくんとベッドを取りに向かった。

2人で竹枠の両端を持ち、落ち葉をこぼさないように慎重に小屋へ向かう。

そうして歩いていると、森からホストさんと撮り鉄さんが駆け出てきた。

「み、水っ！ 持ってきたぞ！」

「ひい、ひい……っ、疲れた」

水入りの2リットルペットボトルをいくつも抱えながら全力疾走してきたのか、2人とも全身汗だくだ。

「漫画家さん、姫ちゃんは目を覚ましましたか⁉」

「ううん。まだ――」

「おーい！ 姫君が目を覚ましたぞ！」

僕が言いかけた時、助教授さんが僕らに向かって叫んだ。

僕らは慌てて、小屋へと駆け寄った。

姫ちゃんは横たわったまま、虚《うつ》ろな目で僕らを見る。

彼女の額には、水を絞ったハンカチが載せられていた。

「姫ちゃん、大丈夫？」

「具合はどうだ？」

「喉……渇いた……」

僕とホストさんが聞くと、姫ちゃんは小さな声で答えた。

「よし。起きれるか？」

助教授さんが姫ちゃんの肩を抱き、ゆっくりと起き上がらせた。

むっくんが傍に置いてあったペットボトルを取り、フタを取って彼女の口元に近づける。

「飲める？」

「うん……」

こくこくと喉を鳴らして、姫ちゃんが水を飲む。

助教授さんが彼女の肩を支えながら、再び横にならせた。

「体が痛い……じんじんするよ……」

「ふむ……関節が痛むのか？」

助教授さんの問いかけに、姫ちゃんが小さく頷く。

「それは熱のせいだろう。しばらく、ゆっくり休んでいたほうがいい」

「あのさ、ベッドを作ったんだけど……」

運んできたベッドを、むっくんが指差す。

「え……私のために、作ってくれたの？」

「……砂の上に寝てるより、楽だと思って」

「ありがとう……」

姫ちゃんが体を起こそうとするが、どうにも力が入らない様子だ。

「姫ちゃん、僕らで運ぶからさ、そのまま寝てていいよ」

「助教授さん、俺が足を持ちますんで、上半身をお願いします！」

「むっくん。ベッドを屋根の下に運ぼう」

「うん！」

僕とむっくんでベッドを小屋に入れる。

そしてすぐさま、ホストさんと助教授さんが姫ちゃんを抱えるようにして、竹のベッドへと運んだ。

「寝心地はどうだ？」

「すごくいいよ……ありがと」

姫ちゃんが薄く微笑んで、助教授さんに答える。

すると、デブさんが竹のお椀《わん》でカボチャポタージュを持ってきた。

「姫ちゃん、カボチャのポタージュだ。飲めるか？」

「食欲ない……ごめん」

「少しでも何か胃に入れたほうがいい。一口でもいいから、な？」

「……うん」

頷いた姫ちゃんに、デブさんがお椀を差し出す。

先ほどのように助教授さんが姫ちゃんの肩を支えて、起き上がらせた。

姫ちゃんがお椀に口をつけ、カボチャのポタージュをすする。

「う……げえっ！」

しかし、飲み込もうとした途端、嘔吐《おうと》してしまった。

ベッド脇の砂地に吐き出されたフジツボを見て、僕らは愕然とする。

朝食で食べたものが、まったく消化されていない。

姫ちゃん、ここまで弱っていたのか……。

「ご、ごめん！　まさか吐いちゃうなんて……」

デブさんが慌てて謝る。

姫ちゃんは助教授さんに背を摩《さす》られながら、けほけほとむせ返っている。

そして、肩を震わせて泣き出してしまった。

「もう嫌だよ……家に帰りたい……」

弱々しい彼女の姿に、僕らは何も言えずに黙りこくってしまう。

こんなにも弱っている姫ちゃんを見ることになるなんて、思いもしなかった。いつも太陽のように明るかった彼女からは、想像もつかない姿だ。きっと今まで、無理して元気に振る舞っていたのだろう。

「私、死にたくないよ……まだ何もできてないのに、こんなところで、死にたくない……」

「大丈夫だって！　すぐに良くなるから、頑張れよ！」

ホストさんが必死に励ます。

「家に帰りたい。パパとママ、おじいやおばあに会いたい。こんなところで、死にたくないよ……」

「大丈夫だ。絶対にキミを死なせはしない。今は少し体調を崩して弱気になってるだけだ。すぐに元気になる。ご両親とも、必ず会える」

助教授さんが力強く励ます。

「そうだよ！　弱気になるなって！　絶対に助かるからさ！」

「帰ったら、最高級の寿司《すし》を食べさせてやるから！　もう食べられないっていうくらい、い、いくらでも食べさせてやる！　だから、頑張ろうぜ！」

撮り鉄さんとホストさんがそれに続く。

僕も含めて、他の2人も励ましの言葉をかけ続けた。

「……うん、ありがと。皆、優しいね」

姫ちゃんが泣きながらも笑顔を作る。

「絶対に大丈夫だから！　すぐに良くなるから！」

ホストさんの言葉に、姫ちゃんはもう一度「ありがと」とつぶやいた。

「……寿司か」

デブさんがぽつりとつぶやき、焚火へと歩き出す。

僕は彼の後を追った。

「デブさん、どうしたの？」

そう尋ねると、デブさんは真剣な表情で僕をちらりと見た。

「寿司だよ。姫ちゃんが大好物だって言ってただろ？　作ってやろうじゃねえか。絶対に姫ちゃんを元気にしてやる。食レポ系ユーチューバーの底力を見せてやるぞ」

「え？　お寿司を作るの？　いったいどうやって……」

「考えがある。人手が必要だから、何人か呼んで来てくれ。姫ちゃんが気にしてもいけないから、こっそりな」

「う、うん」

僕が小屋へと戻ると、姫ちゃんは横になって目を瞑《つぶ》っていた。

頬は涙で濡《ぬ》れており、痛々しい。

心配そうにしている皆をこっそり呼び寄せて、デブさんの話を伝える。

「えっ、寿司っすか？」

ホストさんが驚いた顔で聞き返す。

「うん。何とかして作るんだって」

「何とかって……魚はあるけど、米なんてないのにどうやって？」

「いや、それは僕も聞いてないから……でも、とにかく人手がいるらしいから、手伝ってくれないかな」

僕が言うと、皆はすぐに頷いた。

「何だってやるよ。姫ちゃんを元気づけてやらないとな」

「僕も……手伝うよ」

「俺もだ！　何でも言い付けてくれ！」

撮り鉄さん、むっくん、ホストさんが意気込む。

すると、助教授さんが森に目を向けた。

「私は、少し森に行ってくる。もしかしたら、薬になるものがあるかもしれないからな」

「え？　薬って、薬草か何かですか？」

「ああ。どうも、姫君は胃腸も弱っているようだ。なんとかしてやりたい」

助教授さんが険しい顔になる。

「昔読んだ書籍に、健胃効果のある樹皮のことが書いてあってな。シマツケイという植物なんだが、沖縄には自生していると書いてあったんだ。絶滅危惧類だから採取は良くない行為だが、この非常事態だからな」

「そんなものが……分かりました。お願いします」

「ああ。見つかればいいんだがな……」

助教授さんは森へと歩いて行った。

「漫画家さん、俺らも寿司を作りましょう！」

「そうだね。でも、誰か姫ちゃんの傍にいたほうがいいと思うんだけど……むっくん、お願いしてもいいかな？」

僕が話を振ると、彼は少し驚いた顔をした。

「で、でも、僕も何か手伝いを……」

「ううん。彼女を見守って元気づける人も必要だよ。お願いできない？」

「……うん。分かった」

「ありがとう。一番適任だと思ってさ」

「話も合うみたいだしな。アニメの話でもして、元気づけてやってくれ」

「うん」

僕と撮り鉄さんの言葉に、むっくんが真剣な顔で頷く。

「おい、何やってんだ。しゃべってないで、早く来て手伝ってくれよ」

そうしていると、デブさんが歩いてきた。

「あっ、ごめん！　すぐに手伝うよ」

「頼むよ。皆には、魚を釣ってきてほしいんだ。新鮮な魚を使いたいからな」

「どんな魚でもいいの？」

僕が聞くと、デブさんは「いや」と首を振った。

「生食に向いてるのとそうじゃないのがある。釣れたら見に行くから、教えてくれ」

「分かった。でも、釣り竿は２本しかないから、１人はデブさんのお手伝いだね」

「なら、俺が釣りするよ。じっと待ってるのは慣れてるからな」

撮り鉄さんが申し出る。

慣れてるって、カメラを構えて電車を待ってる時のことを言ってるのかな。

「俺はデブさんの手伝いにします。じっとしてるのは苦手なんで。漫画家さん、釣りはお願いできますか？」

　ホストさんが僕を見る。

「うん、分かった。撮り鉄さん、行こっか」

「2人とも、さっき捌いた魚の頭とか持って行きな。撒《ま》き餌にしなよ」

「あ、そうだね。貰《もら》っていくよ」

　デブさん、ホストさんと別れ、魚の頭やら内臓やらを手に海へと向かう。

　砂浜に置きっぱなしになっている釣り竿を拾い、岩場によじ登った。

「撮り鉄さん、釣りはしたことある？」

「いや、初めてだな。子供の頃、用水路でザリガニ釣りはしたことあるけど」

　魚の頭や内臓を、海に撒く。

　続けて、残りの肉を針に付けて竿を振るった。

「しかし、寿司なんてどうやって作るんだ？」

　釣り糸を垂らしながら、撮り鉄さんが首を傾げる。

「うーん……お米なんてないし、どうやるんだろうね？」

「何かで代用するのかな。つっても、カボチャと萎《しな》びたサツマイモしかないよな」

そんな話をしながら、2人並んで釣りを続ける。

早く釣らなくては、と気持ちは焦るが、すべては運任せだ。

姫ちゃんの泣き顔を思い出し、気がはやる。

「救助さえ来ればな……」

「そうだね……もう5日目だっていうのに、船も飛行機も通らないもんね」

「もしかして、俺たち、日本からかなり離れた場所に流されたのかもな」

「よく生きて島に流れ着いたよね。普通に考えて、流されてる間に溺れ死ぬと思うんだけど」

「だなぁ。こうして生きてるのが、不思議でならないよ」

しばらくそんな話をしていると、撮り鉄さんの竿がくいっと引っ張られた。

「ん？　あっ⁉　く、食いついたんじゃないか、これ⁉」

「撮り鉄さん、竿を引いて！　一気に引き上げちゃっていいから！」

「おう！」

撮り鉄さんが、力任せに竿を引き上げる。

うっすらと黒い影が水面に上がって来て、ざばっと海面に浮いた。

僕はすぐさま、撮り鉄さんの釣り竿の糸を掴んで手元に手繰り寄せる。

真っ黒な魚が1匹、針に食いついていた。

「やった！　釣れたぞ！」

「す、すごいね。まだ始めてからほとんど経《た》ってないのに」

「んなこといいから、デブさんを呼ばないと！」

撮り鉄さんが立ち上がり、大声を上げて手を振りながらデブさんを呼ぶ。

デブさんはすぐに駆け寄ってきた。

「何だ、もう釣れたのか？」

「ああ！　この魚、どうだ⁉」

撮り鉄さんが釣った魚を指差す。

「おっ、そりゃメジナだな！　刺身でいける魚だ。でかしたぞ！」

喜ぶデブさんに、僕らは「おお」と声を漏らした。

まさか、こんなに早く釣れるとは思わなかった。

思わず、神様ありがとう、と心の中でつぶやいてしまう。

「その魚は生かしたまま窪みに入れておいてくれ。これなら思ったより早くできそうだ。2人も、米作りを手伝ってほしい」

「米作り？　今から田植えでもすんのか？」

怪訝《けげん》な顔の撮り鉄さんに、デブさんが苦笑する。

「んなわけないだろ。まあ、来てみろって」

戻って行くデブさんの後を、僕らは慌てて追った。

焚火の前に着くと、ホストさんがあぐらをかいて、何やら指でこねていた。

「よ、よし、15粒目……あっ、魚、どうだった⁉」

ホストさんが僕らに気付き、顔を上げる。

「釣れたよ。メジナっていう魚なんだって。岩場の窪みに入れてあるよ」

僕が答えると、ホストさんはぱっと笑顔になった。

「さすが漫画家さん、できる男っすね！」

「あ、いや、釣ったのは撮り鉄さんだけどね」

「チームプレイなんですから、漫画家さんも誇っていいんですって！」

「そういうものかな？」

「そうですって！」

僕らのやり取りに、撮り鉄さんが笑う。

「はは、違いない。ところでそれ、何やってんだ？」

撮り鉄さんがホストさんに聞く。

「米粒を作ってるんだ。これくらいの大きさに丸めるんだってさ」

ホストさんが傍に置いてある、葉っぱのかけられた竹皿を僕らに差し出す。

葉っぱを捲《めく》ってみると、米粒大の黄色い粒がたくさん入っていた。

「えっ。これってもしかして、カボチャ？」

驚く僕に、デブさんが頷く。

「ああ。煮カボチャをこうやって1粒ずつこねて、米の代わりにするんだ」

「マジか。気の遠くなるような作業だな……」

苦笑する撮り鉄さんに、デブさんも苦笑する。

「材料がこれしかないからさ。でも、たくさん作って寿司の形にすれば、食感はそれっぽくなると思うんだ」

「なるほどな。よし、俺らも手伝うか」

「作り始める前に、水で手をよく洗ってくれよ。砂が混じったら台無しだからさ」

ホストさんの隣に僕らは座り、ペットボトルの水で手を洗ってから鍋に入っている煮カボチャを取った。

カボチャを少しちぎり、指先でくりくりとこねて米粒を作る。

水気がありすぎると形ができず、かといって絞りすぎると上手く固まらず、何とも難しい。

「これ、寿司1貫を作るのに何粒必要なの？」

「分からん。たくさんとしか答えようがないな」

僕が3粒ほど作ってからデブさんに聞くと、デブさんはカボチャをこねながらこちらを見もせずに答えた。

「恐ろしく肩がこるな、これ」

「気にしないようにしてるんだから、そういうこと言わないでくれよ……」

撮り鉄さんにホストさんが顔をしかめて、首をポキポキと鳴らす。

これはあれだ、深く考えちゃいけないやつだ。

禅の心で挑まないといけない作業だ。

そうして皆で一心不乱にカボチャの米粒を作っていると、森から助教授さんが戻ってきた。

手に、木の枝を1本持っている。

「見つけてきたぞ……ん？　何をやってるんだ？」

並んでカボチャをこねる僕らに、助教授さんが怪訝な顔を向ける。

「カボチャをこねて、1粒1粒お米を作ってるんです」

僕が答えると、助教授さんは感心半分、呆《あき》れ半分といった顔になった。

「なるほどな。それは上手いこと考えたものだ」

他の皆は何も言わずに、黙々と米粒を作り続けている。

「助教授さん、それがシマソケイですか？」

「ああ。運良くあちこちに生えていたよ。この島には群生しているようだな」

助教授さんが僕の隣に座り、枝を見せてくれる。

見た感じ、これといった特徴のない普通の枝だ。

「これの皮を乾燥させて煎じると、健胃剤になるはずだ」

「そうなんですか。効くといいですね」

「そうだな。皆も胃腸が弱ってきているかもしれないから、飲んだほうがいい」

助教授さんが石の包丁を手に、枝に縦に切り込みを入れて皮を剝がす。

それを焚火の傍の石の上に置き、乾燥させ始めた。

「どれ、私も米粒作りを手伝うとするか。カボチャ、貰えるかい？」

「あ、はい。その前に、水でよく手を洗ってくださいね……あ、水がないや」

この場には水のペットボトルが1本しかないことに気付き、僕は立ち上がった。

海水で洗ってもいい気もするけど、せっかく作るカボチャのお米を塩辛いものにするわけにはいかない。

　ざくざくと砂を踏みしめて小屋へと向かうと、立てかけた屋根越しにむっくんの声が聞こえてきた。

「大丈夫だから、きっと助かるからさ」

「……うん。ごめんね」

「謝らないでよ。姫ちゃんは何も悪くないよ」

「……ありがと。むっくん、優しいね」

「……無事に帰ったら、何でも好きな物を好きなだけ食べさせてあげるよ。お寿司屋さんにも連れて行ってあげるから」

「ふふ。ありがとう。何かお礼しなきゃだね」

「そんなのいいよ。元気になってくれれば、それが一番のお礼だよ」

「うん……なら、元気にならないとだね」

「おーい、漫画家さん！　何やってるんすか？」

　ホストさんに呼びかけられ、びくっと肩が跳ねた。

　わざと大きな足音を立てながら、慌てて小屋の正面へと回る。

「あ、漫画家さん」

ベッドに横になっている姫ちゃんが、僕を見る。

「ごめん、ちょっとお水貰うね」

ちらりとむっくんの顔を見て、ささっと水のペットボトルを2本掴み、小屋を出て皆の下へと戻った。

何だか、いい雰囲気だったな。

「漫画家さん、どうしたんすか？」

「いや、何でもないよ。助教授さん、これで手を洗ってください」

そうして、助教授さんも加えて、僕らは一心不乱に米粒作りを続けた。

＊＊＊

「よ、よし。こんなもんでいいだろ」

デブさんが、深くため息をつく。

あれから小一時間作業を続け、僕らは大量のカボチャの米粒を作り上げた。

ずっと背中を丸めて作業をしていたので、全身がこってバキバキだ。

「めちゃくちゃ疲れた……首が痛え《いて》」

「俺、次から米を食べる時は、もっと農家さんに感謝して食べることにするよ……」

ホストさんと撮り鉄さんがぐったりしている。

「ようやくできたか……よし、私はシマソケイのお茶を作ろう」

助教授さんが石の上で乾かしていたシマソケイの皮を取り、ヘルメットに水を入れて火にかけた。

シマソケイの皮をその中に入れ、ぐつぐつと煮始める。

煎じ薬って、こうやって作るものなのか。

「んじゃ、寿司を作るとするか。漫画家さん、魚を持ってきてくれるか？」

「うん」

僕は岩場へと走り、窪みの中で泳ぐメジナを掴んで皆の下へと戻った。

デブさんは早速シャリを握り始めていて、黄色いカボチャ米を器用に寿司の形にしていた。

撮り鉄さんがカメラを構えて、その様子を撮影している。

「へえ、上手いもんだな。寿司職人みたいだぞ」

撮り鉄さんが、パシャリと写真を撮る。

彼の言うとおり、デブさんのシャリを握る様子はなかなか様になっていた。

「動画を作るのに、寿司作りにもチャレンジしたことがあってさ。結構練習したんだ」

デブさんは手際よく握り続け、4つのシャリを作り上げた。

竹の器に並ぶ4つのそれは、黄色いながらも寿司のシャリそのものだ。

「魚をくれるかい？」

「はい、どうぞ」

僕がメジナを手渡すと、デブさんは手馴れた様子で石の包丁でメジナを捌き始めた。

頭を落として3枚に下ろし、身を切り取って寿司ネタサイズに薄切りにする。

実に見事な手際で、あっという間に綺麗な薄ピンク色のネタが出来上がった。

それをカボチャ米のシャリに載せ、もう一度握る。

そうして完成した4貫のメジナ寿司に、皆が「おお」と声を漏らす。

「す、すげえな。米は黄色いけど、どこからどう見ても本物の寿司だ」

感心する撮り鉄さんに皆が頷く。

「ふむ、これはすごい。大したものだ」

「め、めちゃくちゃ美味そう……デブさん、すげえな！」

助教授さんとホストさんに、デブさんが笑みを向ける。

「ありがとう。漫画家さん、そこの塩を取ってくれ」

「うん」

僕が竹皿に入っている塩を手渡すと、デブさんは寿司にぱらぱらっと振りかけた。醬油《しょうゆ》なんてないので、その代わりだろう。

「よし、完成だ。助教授さん、胃薬はまだかな？」

「ああ、もういいだろう。今淹《い》れるよ」

助教授さんが半分に切ったペットボトルで煎じ薬を掬《すく》い、竹の湯飲みに入れる。煎じ薬はうっすらと茶色がかっていて、ほんのりと香ばしい香りがした。

自身で一口飲み、うむ、と頷いた。

「少し苦いが、飲める範囲だ。これなら大丈夫だろう」

別の湯飲みにも煎じ薬を注ぎ、寿司の隣に置く。

カボチャ米のメジナ寿司セットの完成だ。

「行こうか。姫君、食べられるといいんだが」

助教授さんの言葉に頷き、僕らは立ち上がると小屋へと向かった。

＊＊＊

小屋に行くと、姫ちゃんは竹のベッドで横になり、むっくんと何やら弱々しく話していた。

額の汗を、むっくんがこまめに拭き取っている。

「姫君、調子はどうだ？」

助教授さんが声をかけると、姫ちゃんは気だるそうに顔を向けた。

「まだ熱っぽい……体も痛いよ」

「そうか……デブ君たちが寿司を作ってくれたんだが、食べられそうか？」

「え……お寿司？」

姫ちゃんが目をぱちくりさせる。

「ああ。ほら、立派なもんだろう？」

助教授さんがメジナ寿司を姫ちゃんに見せる。

「ほ、本当にお寿司だ……でも、このお米、黄色いよ？」

「煮たカボチャをこねて作った米なんだ。起きれるか？」

「う、うん……」

むっくんが肩を支え、姫ちゃんを起き上がらせる。

「すごい……これ作るの、どれだけ大変だったのよ……」

「なあに！ これくらい、姫ちゃんのためならお安い御用さ！」

ホストさんが、にかっと笑顔を向ける。

「た、食べていいの？」

姫ちゃんが僕らを見る。

「うん。味見してないから、どんな味か分からないけど、食べてみてよ」

「不味《まず》かったらごめんな。今は、これが精一杯でさ」

僕とデブさんの言葉に、姫ちゃんはこくりと頷き、メジナ寿司を手に取った。

ぱくりと一口で頬張り、もぐもぐと咀嚼《そしゃく》する。

「ど、どうだ？」

ホストさんがその様子を食い入るように見つめる。

「……っ」

すると、姫ちゃんがくしゃっと顔を歪《ゆが》めて、涙を流し始めた。

「えっ⁉ お、おい、どうした⁉ 不味かったか⁉」

慌てるホストさんに、姫ちゃんがぶんぶんと首を振った。

「美味《おい》しい……美味しいよ。ありがとうっ」

ぽろぽろと涙を流し、すすり泣く姫ちゃん。

安堵《あんど》の空気が皆に広がる。

「これはシマソケイという木の皮を煎じたお茶だ。胃腸にいいから、飲みなさい」

「っ……うんっ」

助教授さんが竹の湯飲みを姫ちゃんに差し出す。

姫ちゃんは鼻をすすりながらも、それを受け取って口にした。

「……少し苦いけど、お寿司とよく合うよ。すごく美味しい」

姫ちゃんが涙を拭い、僕らに微笑む。

すると、パシャリとカメラのシャッター音が響いた。

「ちょ、ちょっと！　泣き顔なんて撮らないでよ！」

文句を言う姫ちゃんに、撮り鉄さんがカメラから顔を上げてにっと笑う。

「いい思い出になるじゃないか。帰ったら焼き増ししてやるからさ」

「もうっ」

頬を膨らませる姫ちゃんに、皆が笑う。

「姫ちゃん、元気出た？」

僕が聞くと、姫ちゃんは笑顔で頷いた。

「うん。すごく元気出たよ。皆、ありがとう」

お礼を言う姫ちゃんに、デブさんが、やれやれと笑顔になる。

「頑張ったかいがあったよ。今日はそれ食って、ゆっくり休みな」

「うん。でも、私だけで全部食べちゃったら悪いよ……」

「姫ちゃんのために作ったんだから気にすんな。むしろ、もっと食べたければ、追加を用意するぞ？」

「ううん、大丈夫。大満足だよ」

「あー、よかった！　そのカボチャの米粒、実は作るのめちゃくちゃ大変だったんだよ。これ以上作れって言われたら、肩がこりすぎてもげちまう」

ホストさんが冗談めかして笑いを誘う。

そうだな、と皆が笑うと、姫ちゃんもおかしそうに肩を揺らして笑った。

どうやら、すっかり元気を取り戻してくれたようだ。

「んじゃ、俺らもそろそろ昼飯にするか」

デブさんの言葉に、僕は今さらながらに空腹なことに気が付いた。

皆も同じようで、お腹《なか》に手を当てている。

「姫ちゃん、魚のスープもあるけど、食べるか？」

「ううん。お寿司だけで大丈夫。ありがとね」

姫ちゃんがデブさんに、にこりと微笑む。

「私は、これ食べたらひと眠りするよ」

「ん、そうか。誰か、交代で傍にいようか？」

「そこまで気にしてくれなくていいよ。でも、ありがとう」

「分かった。何かあったら、すぐに呼んでくれよ。あと、時々様子は見に来るから、安心して休んでくれ」

そう言って、デブさんが立ち上がる。

僕らは姫ちゃんをその場に残し、焚火へと向かうのだった。

＊＊＊

数時間が過ぎ、辺りはすっかり夜になっていた。

姫ちゃんはあれから小屋でずっと横になっていて、今もすやすやと眠っている。

夕方頃になって熱がだいぶ下がったようで、今は汗も掻《か》いていないようだ。

持ち直してくれて、本当によかった。

「姫ちゃん、大丈夫そうだね」

僕が言うと、撮り鉄さんは深く頷いた。

「ああ。一時はどうなることかと思ったよ」

「だね……あのまま熱が下がらなかったらって思うと、本当に怖いよ」

意識を失うほどの熱を出したというのに持ち直すことができたのは、本当に幸運だった。

このまま、元気になってくれるといいのだけれど。

「今日で、遭難5日目か……」

助教授さんが深刻な表情で焚火を見つめながら、ぽつりと言う。

「もう5日経っているのに助けが来ないということは、このまま待ってても救助が来るかはかなり怪しい。船で島から脱出するべきだ」

助教授さんの言葉に、皆が頷く。

今度は僕らのなかの誰かが、姫ちゃんのようになる可能性も大いにある。

このままこの島に留《とど》まっていては、本当に全滅してしまうかもしれない。

「改めて、皆の意見を聞きたい。姫君の回復を待って、船で中国大陸を目指して出発するべきだと私は思うんだが……どう思う？」

「俺は賛成っす。このままこの島にいたら、どのみち助かる気がしないっすよ」

「……脱出するべきだと思う」

「俺も賛成」

「俺もだ。今日の姫ちゃんを見て、本気で怖くなったよ」

ホストさん、むっくん、デブさん、撮り鉄さんと続く。

「漫画家君はどうだ？」

「賛成です。このまま救助を待ち続けるのは危険だと思いますから」

僕が答えると、助教授さんは深く頷いた。

「よし。明日、姫君にも聞いてみて、彼女が賛成してくれたら島を脱出する具体的な計画を立てよう。もし彼女が反対しても、絶対に責めないでやってくれ」

もちろん、と皆が頷く。

助教授さんは作りかけの船に目を向けた。

「脱出が決まったら、大きな波でも壊れないように船を補強して、予《あらかじ》め航海日数を決めて水と食料を揃《そろ》えるんだ。どこまでできるか分からないが、やるしかない」

「航海日数って、どれくらいを想定してるんですか？」

撮り鉄さんが助教授さんに聞く。

「そうだな……廃墟のアメンボ水は、あとどれくらいある？」

「今日ホスト君と汲みに行った時は、窪み一杯にありました」

「そうか。今まで私たちが使ってきた量を考えると、あの水を全部煮沸してペットボトルに入れたとしても、あと10日がせいぜいだろう。つまり、それが私たちに残された時間ということになる」

ペットボトルに貯《た》めた雨水はすでに使い切ってしまっていて、残るはアメンボ水だけだ。

あの水がなくなったら、僕らはいよいよ窮地に立たされてしまう。

水が手元にあるうちに、何としてでも島から脱出しなければならない。

「船に載せる食料は、カボチャとフジツボ、それに魚の干物といったところだろう。船の上でも魚は釣れるだろうから、船が完成次第、出発したほうがいい」

「優先すべきは水ってことっすね」

「空腹は何とか我慢できても、喉が渇くのは我慢できないからなぁ」

ホストさんとデブさんの言葉に、皆がうんうんと頷く。

遭難初日に体験した喉の渇きの苦しさは、身に染みている。

二度とあんな目には遭いたくない。

「分かっているとは思うが、この航海は命がけだ。それを肝に銘じて、明日からの作業に臨んでくれ」

「早く準備を終わらせないと、それだけ航海できる日数が減るってことか……」

撮り鉄さんが険しい顔になる。

「そのとおりだ。一致団結して、頑張ろう」

助教授さんの力強い言葉に、僕らは「おう！」と声を揃えた。

第5章　無人島からの脱出

無人島遭難6日目の朝。

いつものように日の出とともに起床した僕たちは、皆で焚火を囲んでいた。

姫ちゃんも起きていて、助教授さんの上着を肩にかけて火に当たっている。

焚火の上では、ヘルメットの鍋でぐつぐつとスープが煮えていた。

「ほら、姫ちゃん。食えるかい？」

デブさんが姫ちゃんに、竹の器を差し出す。

今朝の朝食は、夜のうちに仕掛けておいたペットボトル罠《わな》に入っていた小魚のスープだ。

撒《ま》き餌が利いているようで、たくさん捕まえることができた。

「うん、食べられそう。ありがと」

器を受け取り、姫ちゃんが中身を見て少し驚いた顔になった。

「あれ？　これ、カニが入ってるよ？」

「ああ。小さなやつが1匹だけ入ってたから、入れておいたんだ。ちゃんと焼いてあるから、殻ごとそのまま食べられるぞ」

「ごめんね。何か、私だけ特別扱いしてもらっちゃって……」

姫ちゃんが申し訳なさそうにする。

「病人なんだから、特別扱いされて当然だ。気にすんな」

デブさんが笑顔で応え、ペットボトルの底の部分と枝を針金で結んだおたまでスープを掬《すく》う。

昨夜、火の番をしながら作ったらしい。

「姫君《くん》、これからのことについてなんだが」

デブさんから器を受け取った助教授さんが、姫ちゃんに話しかける。

「今日で遭難6日目だ。救助が来る気配はないし、このままだと水が尽きるのも時間の問題だ。先日も話題に出ていたが、水が残っているうちに船で島を脱出してはどうかという話になったんだが、姫君はどう思う？」

「うん……」

姫ちゃんが頷《うなず》き、考える。

皆、黙って彼女の言葉を待った。

「私も、それがいいと思う。ここで救助を待ってたら、本当に死んじゃうかもしれないし」

長い沈黙の後、姫ちゃんが決意のこもった目で言った。

皆の間に、安堵《あんど》の空気が広がる。

当初の約束どおり、意見がまとまったので船での脱出が決定した。

「うむ。水も残り少ないし、早急に準備を整えて島を脱出しないといけない。今から大急ぎで食料を貯《た》めて、船が完成したらすぐに出発しよう」

「中国を目指すの？」

「そうなるな。ひたすら北西に向かって進むことになる」

「そっか……でも、海の上で方角なんて分かるわけ？」

姫ちゃんの質問に、僕らははっとなった。

確かに、周りに何もない海の上では方角なんて分かりようがない。

太陽が出ていればそれを目印にできるけど、空が曇っていたり夜になったりしたら、大海原で迷子になってしまう。

「それは大丈夫だ。方位磁石を使うからな」

助教授さんがそう言いながら、ポケットから1本の釘《くぎ》と葉っぱを取り出した。

器のスープをぐいっと飲み干し、ペットボトルの水を注ぐ。

「え？　それ、釘だよね？　釘が方位磁石になるの？」

「ああ。撮り鉄君のメガネケースにマグネットが付いていただろう？　それを使ったんだ」

助教授さんは足元に落ちていた葉っぱを拾うと、器に浮かべた。

「昨日の昼間ずっと、この釘をマグネットに付けておいたんだ。メガネケースのマグネットだと丸くて、そのまま使うのは無理だと思ったからな。これで釘が磁性を帯びていれば、方位磁石の代わりになると思うんだが……」

そう言いながら、葉っぱの上に釘を置く。

すると、釘の載せられた葉っぱがゆっくりと回転を始めた。

皆が、「おおっ」と声を漏らす。

葉っぱはゆっくりと回転を続け、やがて止まった。

助教授さんがほっとした顔になる。

「成功だな。この両端のどちらかが北を指している。太陽が昇ってきたのがあっちだから、北は釘の先端が指している方向だな」

「なるほど。これなら方向を見誤らないで航海できますね。これはすごい」

「助教授さん、さすがっすよ！　ほんと頼りになります！」

僕とホストさんの称賛に、助教授さんが微笑《ほほえ》む。

何だか嬉《うれ》しそうだ。

「オールを何本も作って、方位磁石に従って交代でこぎ続ければ、いずれ中国に着くだろう。流されるまま、とはいかないからな」

「海に出たら、体力勝負ってことか。保存食作りも大切だけど、船出までにしっかり体調を整えておかないとな」

デブさんの言葉に、皆が頷く。

「漫画家さん、何日か前にウサギを見たって言ってたじゃないっすか。どうにかして、捕まえられませんかね？」

ホストさんが僕に話を振る。

「あ、そうだね。ウサギの肉が食べられれば、きっとすごく元気出るよね」

「はい！　もう、肉が恋しくて恋しくて……前に言ってた罠、作れませんか？」

肉が食べたいのは僕も同じだけど、罠なんか作れるだろうか。

でも、皆に元気を出してもらいたいし、頑張るしかない。

「うん。何とかやってみるよ」

「私も手伝おう。正しいやりかたかは分からないが、ウサギが頭を突っ込んだら締まるような仕掛けは作れると思う」

助教授さんの申し出に、僕は内心安堵した。

本当に、頼りになる人だ。

「皆は、船作りと魚釣りを頼む。水を煮沸《しゃふつ》してペットボトルに入れるのは、出航の直前にしよう。船の上なら揺れで水が動くから、腐りにくくなるとは聞くが、この日差しだからな」

助教授さんが姫ちゃんに目を向ける。

「姫君は、大事を取って今日も休んでおきなさい。作業は私たちに任せておけ」

「ううん。私もやるよ」

姫ちゃんがにこりと微笑む。

「体調もいいし、釣りくらいならできるよ」

「無理はよくない。またぶりかえしてしまうぞ？」

「疲れたら、ちゃんと休むから。私も皆と頑張りたいの。お願い」

「……そうか。よし、一緒に頑張ろう。釣り名人の腕を見せてくれ！」

助教授さんが言うと、姫ちゃんはほっとした様子で頷いた。

「任せて！　たっくさん釣り上げてみせるから！」

そうして話がまとまり、僕らは無人島脱出に向けて本格的に動き出したのだった。

＊＊＊

その後、僕と助教授さんは、石の包丁と投網から作った紐《ひも》、そして罠に使う薄切りカボチャを持って森にやって来た。

姫ちゃんとむっくんは釣り、他の3人は船作りだ。

先日ウサギを見かけた場所を、僕が案内する。

「確か、この辺りにウサギがいたんです」

「ふむ」

助教授さんが屈《かが》み込み、地面を調べる。

辺り一面草が生い茂っていて、どこを見ても似たような景色だ。

「獣道でもあればと思ったんだが……さっぱり分からないな」

「ですね。罠を仕掛けるにしても、どこに置けばいいやら……」

2人して付近を探し回るが、ウサギが通ったような痕跡はまるで見当たらない。

僕が見たテレビ番組では、すぐに糞《ふん》とか齧《かじ》られた草の茎だとかが見つかっていたのにな。

「ダメだな。そこらに適当に仕掛けるしかない。いてて……」

助教授さんが腰を上げ、ぐっと背伸びをする。

「そうするしかないですね。で、罠ってどうやって作るんですか？」

僕が聞くと、助教授さんは手に持っていた紐を地面に置き、輪っかを作って見せた。

「紐の使い方なら簡単だよ。まず、ここをこうしてだな――」

助教授さんが手馴《てな》れた様子で、紐を結ぶ。

くりくりと結び、輪の部分に腕を入れて引っ張ると、きゅっと締まった。

あっという間にできてしまったそれに、僕は目を丸くした。

「な？　簡単だろう？　これは、わな結びという結びかただ」

「すごいですね！　助教授さん、よくこんな結びかた知ってましたね！」

「……以前見た書籍にたまたま載っていたのを、覚えていただけだよ」

助教授さんが少し間を置いて答えた。

僕が彼を見ると、助教授さんは「さて」と言って立ち上がった。

助教授さん、一瞬だけすごく暗い顔をしていた気がする。

「問題は、これをどうやって罠にするかなんだが……漫画家君は、どうすればいいと思う？」

「そうですね……テレビで見たやつは、紐が枝に縛り付けてあって、獲物がかかると跳ね上がる仕組みだったと思うんですが」

「私が見たテレビ番組でも、その仕組みだったな……」

2人で頭を捻《ひね》り、紐の罠を近くの枝に縛り付けてあれこれ試してみる。

結果、紐に小枝を縛り付けて近くの木に引っ掛けておき、ウサギが罠にかかったら小枝が外れて、しなった枝に結びつけられた紐が跳ね上がる仕組みを作ることにした。

小枝をがっちり引っ掛けても罠が作動しないかもしれないし、かといって引っ掛けが甘いとウサギが罠にかかる前に風か何かで勝手に跳ね上がってしまうかもしれない。

何とも微妙な調整を繰り返して、数十分かけてようやく1つ目の罠を仕掛けることができた。

「これはしんどいな。汗だくだよ」

助教授さんが腕で額の汗を拭う。

上着は姫ちゃんに貸したままなので、今は半袖のシャツ姿だ。

「蒸し暑くてたまらないですね……でも、肉のためです。頑張りましょう」

「そうだな。もしウサギを捕まえられたら、半分は燻《いぶ》して燻製《くんせい》にしよう」

「燻製ですか。作りかたを知ってるんですか？」

「ああ。地面に穴を2つ掘って、トンネルで繋《つな》げるんだ。片方で火を焚《た》いて、もう片方の穴の上に枝で台を作り、その上に肉を置いて葉っぱでフタをする。すると、肉に直接火があたらずに、熱と煙で燻すことができるんだ」

初めて聞く燻製肉の作りかたに、僕は感心して頷いた。

「へえ、そうやって作るんですか。助教授さん、本当に物知りですね」

「歳食ってるから、キミらより人生経験が豊富なだけだよ。それに、本とテレビで知った知識ばかりで、実践経験なんてないしな」

「それでも、いろいろ知っててすごいですよ。助教授さんがいなかったら、僕たちここまで生き延びられなかったと思います。頼りがいがあって、尊敬しちゃいますよ」

僕が言うと、助教授さんは微笑んだ。

「ありがとう。だが、キミたちだって立派だと思うぞ。何でも真剣に取り組んでくれるし、私の話も真摯《しんし》に受け止めて、そのうえで自分の考えを発言してくれる。私が教えていた学生たちとはえらい違いだよ」

「学生さんたち、不真面目なんですか？」

「不真面目なんてものじゃない。奴《やつ》らは楽して単位を取ることしか考えていないからな」

助教授さんが顔をしかめる。

「講義中にスマホをいじるわ、大声で騒ぐわ、出席簿に代筆するわでやりたい放題だ。真面目に講義を聞いている生徒なんて、数えるほどしかいない」

「そうなんですか……一生懸命講義をしているのに、学生がそんな態度じゃつらいですね。注意してもダメですか？」

「初めは私も注意したさ。でも、静かになるのは最初だけだ」

助教授さんが暗い顔になる。

「そのうち注意しても静かにならなくなってな。頭にきて、試験を厳しくしたり出欠に学生証提示を義務付けたりもしたんだが、そうすると受講希望者が減ってしまって、今度は大学側から文句を言われてしまった。大学は工学系だし、私の講義は共通科目だしな」

僕は黙って助教授さんの話を聞く。

助教授さん、なんだかつらそうだ。

「それで、もう諦めて出欠名簿に代筆してるのも放置して、試験も前年度からの流用ばかりにしたよ。そんなことをしているうちに、私は何のために教壇に立っているのか分からなくなったんだ。他の教授連中からは陰口を叩《たた》かれるし、学生どもも私のことをバカにしているし、本当に毎日が嫌になってしまった」

「それは……つらかったですね」

僕が言うと、助教授さんは「ああ」と小さな声で頷いた。

「まあ、暗い話はこれくらいにしておこう。早く罠を設置して、皆を手伝いに行かないとな」

「ですね。頑張りましょう」

ウサギが通りそうな場所を適当に見繕って、2人で協力して罠を設置していく。

初めのうちは黙々と作業を続けていたが、設置しているうちにコツを掴んできて、雑談をする余裕も出てきた。

「助教授さんは、専門は何なんですか？」

「西洋美術史だよ」

「美術史ですか。もしかして、絵も描いたりします？」

「描くよ。フランスに留学して、美術史と一緒に絵画技法も学んだからな」

助教授さんが小枝を木に引っ掛け、よし、と頷く。

これで4つ目の罠の完成だ。

「漫画家君も、絵は得意なんだろう？　無事に帰ったら、キミの絵を見てみたいな」

「いや、僕は下手くそですよ。独学ですし、助教授さんから見たらダメダメだと思います」

そう言うと、助教授さんは真剣な目で僕を見た。

「絵っていうのは『こうでなくてはダメ』、ということはないと私は思うよ。要は、自分の描くものに納得がいくかどうかが大切なんだ」

「納得ですか……」

僕は、「ううむ」と唸《うな》ってしまった。

絵を描くのは大好きだし、子供の頃はそれこそ暇さえあればチラシの裏などに絵を描いていた。

たくさん描いて上手《うま》くなりたいというよりも、描くこと自体が楽しかったから続けていた。

それの延長で、自分の考えたお話を絵にしたいと思い、ツイッターで漫画を投稿するようになった。

今では自分のスタイルはある程度確立できたと思うけど、納得がいっているかと言われると首を傾げてしまう。

「難しいですね……でも、結局のところ、絵って見た人が評価を下すわけじゃないですか？　絵画の学校とかだと、『こういう表現はこう描く』、みたいに教えられると思いますし、自身が納得するかどうかよりも、確立された技術を身につけていくのが大切だったりするんじゃないですか？」

「そりゃあ、学問的に確立された技法や指針もあるが、そんなものを気にしなくても、心を込めて描いた絵には個々人の人生観や性格、個性が反映されるものだ。そうして出来上がった絵に対して、共感したり感銘を受ける人間が多いか少ないかで評価っていうのは変わるものだ。何が正しいかなんて、決まりはないのさ」

「なるほど……」

頷く僕に、助教授さんが続ける。

「ゴッホだって、生前はほとんど評価されずに、後世になってから評価された画家なんだ。それと同じように、その時に認められなくても、後から認められることもある。他人の評価を気にして自分の個性を押し隠すような描きかたをしても、つまらないとは思わないかい？」

「それは確かに……楽しくなかったら、描き続けられないですもんね」

僕が言うと、助教授さんは深く頷いた。

「そのとおりだ。大切なのは、自分の絵を信じることだ。自分が生み出す絵は、自分の可能性そのものだからな」

「何か難しい話ですけど、何となく分かりました。すごく勉強になりました。ありがとうございます」

「いや……何だか説教臭くなってしまったな」

ぺこりと頭を下げると、助教授さんが苦笑した。

「私も泣き言を吐いておきながら、偉そうなことを言ってしまった。すまない」

「いえいえ。タダで講義を受けさせてもらったみたいで、お得な感じがしましたよ」

そう言ってから、そうだ、と手を打った。

「無人島から帰ったら、お互いにこの島の絵を描いて見せ合いませんか？　助教授さんがどんな絵を描くのか、僕、すごく興味があります」

「はは、それは面白いな」

助教授さんが微笑む。

「もちろんいいとも。私も、漫画家君がどんなふうにこの島を描くのか興味がある。

今までキミが描いた漫画と見比べて、どういった変化があるのかも見てみるとしよう」

「う、プレッシャーかけますね。気合入れて描きます」

「ああ。楽しみにしているよ」

そんな話をしながら、僕らは計6つの罠を設置し終えた。

皆の下へ戻ろうと海岸へ向けて森の中を歩いていると、ホストさんを発見した。

3本の長い竹を紐で結わえて、ずるずると引きずっている。

彼は僕らに気付くと、おーい、と手を振ってきた。

「ホストさん、お疲れ様」

「お疲れっす！　罠は作れたんですか？」

「うん。6つ仕掛けてきたよ」

「おおっ、6つもですか！　ウサギ、捕まるといいですね！」

ホストさんがハツラツとした笑顔で応える。

「ホスト君、ずいぶんと元気そうだな。私はもうクタクタだよ」

助教授さんが言うと、ホストさんはにっと笑顔になった。

「元気だけが取り柄ですから！　これでも、元ホストなんで！」

「ああ、女性を盛り上げるのが仕事だもんな。どれ、運ぶのを手伝おう。私が後ろを持つから、漫画家君は真ん中を頼む」

「了解です」

3人で竹を持ち、海岸へと向かって森を進む。

「ところで、ホスト君はどうしてホストを辞めてしまったんだ？」

助教授さんがホストさんに尋ねると、彼は「いやあ……」とバツが悪そうな顔になった。

「あまりにもキツすぎて、俺には無理でしたね」

「ふむ。ホストというのは、そんなにキツいのか？」

「そりゃもう！　女の子に勧められた酒は全部飲み干さないといけないですし、うっかり先輩の客に気に入られようもんならその先輩に裏でフルボッコにされますし、マジでキツいっすよ」

僕らの知らないホストの世界を、ホストさんがあれこれと話す。

すごく煌《きら》びやかな世界に見えて、働いている人たちはかなり苦労しているようだ。

「毎月数百万稼ぐような人もいますけど、俺なんて手取り20万いけばいいほうでした。苦労のわりに大して稼げないってのと、あのままだと体壊しそうだったんで、やめちゃいました」

「それはまあ……大変だったな」

助教授さんが苦笑する。

「今は何をしてるんだい？」

「今は無職っす。石垣島に来るまでは、ファミレスでバイトを……あ、聞いてください よ！」

突然、ホストさんが強い口調になった。

「俺、そのバイト先で仲良くなった娘《こ》に告られて、付き合うことになったんです。ホスト時代のつらかった話とか、将来の不安とかをすごく親身に聞いてくれる娘で、料理は上手だし可愛いし優しいし、ほんとにいい娘だったんすよ」

ふんふん、と僕らは彼の話を聞く。

「1年くらい付き合って、俺、彼女にプロポーズしようと思って、指輪買ったんです。で、『俺と結婚してください』って言ったら、そいつ何て言ったと思います⁉」

「え？　断られちゃったの？」

僕が聞くと、ホストさんは怒りに顔を歪《ゆが》めた。

「そいつ、『あ、無理。私結婚してるから』とかほざきやがったんですよ！　俺、何も知らずに人妻と付き合ってたんですよ⁉　血の気が引いちゃって、ファミレスのバイトバックレて、アパートも解約して一目散に逃げたんっすよ」

恐ろしい体験談に、僕らは唖然《あぜん》としてしまった。

天使と付き合っていると思ったら、まさか悪魔にもてあそばれていたとは。

「それから指輪を買った店に行って、号泣しながら事情を話したら同情してくれて、クーリングオフってことで指輪のお金を返してくれたんです。その金持って、店を出た足で石垣島に傷心旅行に来たんですけど、やけくそで泳ぎまくってたら溺れちゃって。気が付いたらここにいました……」

「す、すさまじいな……」

「何て言うか……災難だったね」

ホストさんは数秒項垂《うなだ》れていたが、すぐに顔を上げた。

「でも、そのおかげでこうして皆と会えたんですから、人生悪いことばかりじゃないっすね！　あのクソ女にされたことを帳消しにできるくらい、俺は皆と会えたことが嬉しいです！」

何とも前向きなことを言うホストさん。

僕がそんな目に遭ったら、絶対に立ち直れないだろう。

というか、無人島に流されたこともかなりの悲劇だと思うんだけどな。

「そういえば、漫画家さんはお仕事は何をしてるんですか？」

黙ってしまった僕らに気付き、ホストさんが話題を変えてきた。

「僕は、ガス会社で事務をしてるよ」

「へえ、ガス会社ですか。ああいう会社って、どんな仕事があるんです？」

「僕が働いてるところは支店なんだけど、男の人はほとんどが営業で――」

あれこれ話しながら海岸へと向かう。

僕の仕事の話、助教授さんのフランス留学時代の話、ホストさんのホスト時代の体験談など、あれこれ楽しく会話が進む。

僕らはまだ会ってから6日しか経っていないというのに、すっかり仲良しだ。

無事に島から脱出できた後も皆とは交流を持ち続けたいな、と内心思う。

彼らともっと早く逢《あ》えていたら、僕の人生はずっと楽しいものになっていたのだろうな。

＊＊＊

その後も僕らは作業を続け、昼食の時間になった。

皆で小屋の日陰に入り、1人に1匹ずつ、編んだ竹の葉で包んだ魚の蒸し焼きが配られる。

すごく豪華な昼食に、皆嬉しそうだ。

魚の蒸し焼きは皆で協力して作ったのだけれど、竹の葉を編むのはなかなかに難しかった。

それでも、皆でわいわい料理を作るのはとても楽しかった。

「しかし、大したもんだよ。午前中だけで10匹だぜ？」

枝の箸で魚の身をほぐしながら、デブさんが感心する。

「姫ちゃん、1人で7匹も釣ったんだってな？」

「うん。あんなに釣れるなんて、びっくりだよね」

姫ちゃんが微笑む。

少し頬がこけているけど、元気そうだ。

「干物、上手く作れそう？」

「任せとけって。こんだけ天気がいいなら、あっという間に出来上がるよ」

姫ちゃんとむっくんが釣り上げた魚のうち、大きなものは干物にすることになった。なかでも、「カーエー」という魚は大物で50センチくらいあり、他の魚と一緒に開きにされて岩場に干してある。

カーエーの背びれには毒があるとのことで、あまりの引きの強さに大騒ぎしていた姫ちゃんたちを手伝いに行ったデブさんは、釣り上げてからかなり慌てたらしい。

「……この調子で魚が釣れれば、食料は大丈夫そうだね」

むっくんがデブさんに言う。

「だな。午後からも、しっかり頼むよ。ぜひまた大物を釣り上げてくれ」

「うん！　生きて帰って、絶対に老人ホーム作ってやるんだから！　めっちゃ気合入れて頑張るよ！」

元気な声で姫ちゃんが言う。

昨日はすごく弱気になっていたけれど、どうやら吹っ切れたようだ。

自分に発破をかけているのかな？

「姫君、たくさん釣ってくれるのはありがたいが、無理はするなよ。まだ病み上がりなんだからな」

「大丈夫！　釣りが楽しくて、すごく元気出てきたし！　ね、むっくん？」

姫ちゃんがむっくんに笑顔を向ける。

彼は少し照れた様子で、こくりと頷いた。

「それより、船のほうはどうなの？　ずいぶん大きくなってるけど」

「順調だぞ。材料の竹はいくらでもあるし、5人でずっとかかりきりだからな。かなりのペースで進んでいる」

船は昨日よりも1・5倍くらいの大きさになっていて、皆が乗っても十分なスペースがあるほどにまで拡張されていた。

荒波にも耐えられるように接合部は針金と釘でしっかり固定してあって、浮きのペットボトルや、新たに見つけた発泡スチロールがたくさん縛り付けられている。

世界中で漂着ゴミが問題になっているけど、皮肉なことに、今はそのおかげで何とか船が作れそうだ。

「たぶん、このまま作業を続ければ明日には出来上がるんじゃないか？」

撮り鉄さんがもりもりと魚を食べながら言う。

「で、明後日《あさって》には出航しようぜ。早く出発しないと、航海できる日数がどんどん減るからな」

「手作りの船で無人島脱出かぁ！　何だかわくわくしてくるよな！」

そうだ。かなり危険な船旅になるだろうけど、だからこそ前向きにならなきゃやってられない。

ホストさんを見習わないと。

彼みたいに常に前向きな存在は、本当にありがたい。

「あとさ！　出発する前に、完成した船の前で集合写真撮ろうぜ！　で、無事に帰ったら、その写真を使ってユーチューブに動画を上げるんだ。きっとすごい再生数が稼げるぞ！」

「何だ？　ホスト君もユーチューバーになるのか？」

デブさんが言うと、ホストさんは元気に頷いた。

「ああ！　こんなに面白い体験したんだから、使わない手はないって！　デブさん、もしよかったら、俺も一緒に活動させてくれないかな？」

「ああ、もちろんいいとも。1人であれこれ考えるのも飽きてきたし。動画の編集も大変だし、大勢でやったほうがきっと盛り上がる。他の皆もどうだ？」

デブさんが僕らに話を振る。

「うわ、面白そう！　私もやりたい！」

「……僕もやってみたいな」

おずおずと声を上げたむっくんに、皆が驚いた顔になる。

「おう、もちろんだ！　一緒にやろうぜ！」

デブさんがむっくんの肩をばんばんと叩く。

デブさん、すごく嬉しそうだ。

「やったぜ！　皆でやれば、きっと楽しいぞ！」

「むっくん、頑張ろうね！」

「……うん」

ホストさんと姫ちゃんの言葉に、むっくんが少し顔を赤くして頷く。

まさか、彼からこんな言葉を聞ける日が来るとは。

「おお、いいねぇ。俺も参加させてもらおうかな。撮影係やるよ。カメラなら任せとけ」

「撮り鉄さんが撮ってくれるのは心強いな。ぜひ頼むよ。漫画家さんと助教授さんもどうだ？」

デブさんが僕らに話を振る。

「僕は会社勤めだから……でも、時々混ぜてくれたら嬉しいな」

「うん、もちろんいいぞ。助教授さんもやりません？」

黙っている助教授さんを、デブさんが誘う。

「……そうだな。私も時々混ぜてもらうよ」

「おっしゃ！　これで、俺たち全員ユーチューバーだな！」

ホストさんがにかっと笑う。

「頑張って動画投稿して、全員で大金持ちになろうぜ！　むっくんはもう金持ちだけど！」

「あはは、そうだね！　タワマン買えるくらいにならないとね！」

盛り上がるホストさんと姫ちゃんに、皆が笑う。

「………………」

「助教授さん、どうしました？」

少し暗い表情の助教授さんに気付き、小声で話しかけた。

「いや、何でもない。無事に脱出できるといいな」

助教授さんが表情を取り繕い、僕に微笑む。

「はい。頑張りましょうね」

そう答え、僕は食べかけだった魚に箸をつけた。

＊＊＊

無人島遭難7日目の朝。

まだ薄暗いうちに起き出した僕たちは、焚火を囲んで朝食をとっていた。

メニューは、小魚のスープとフジツボの串焼きだ。

熱々のスープで体を温めながら、今日の予定を話し合う。

「下の部分はできたから、あとは風を受ける帆と、日差しを避ける屋根を作れば船は完成だな」

助教授さんが船の方を見る。

助教授さんの言うとおり、船はほとんど完成していて、あとは上物を作るだけだ。

今のところ、見た目は大きな竹の筏《いかだ》といった感じだ。

「帆って、どうやって作るんです？」

「投網と枝で作るのはどうだろう。網の隙間に葉っぱの付いた枝を差し込めば、十分風を受けられると思うんだが」

僕の質問にすぐに答える助教授さん。

なるほど、それなら簡単に作ることができるだろうし、使わない時は丸めておけばいい。

下手に小難しく作っても壊れた時が大変なので、いい考えだ。

「屋根も同じ方式でどうかな。しっかりしたものを作ると、風で煽《あお》られてしまうだろう。日中は体の上にかけておく、くらいのつもりで作ったほうがいいかもしれないな」

「海の上で干物になるのは勘弁だもんな。日除《ひよ》けは絶対に必要だ」

「むっくん、今さらだけど肌、本当に大丈夫？　皮剝《む》けまくってんじゃん」

デブさんに続いて、姫ちゃんがむっくんに尋ねる。

もともと色白なむっくんは、今は全身がこんがり焼けて浅黒くなっていた。

あちこち皮が剝けてしまっていて、ピンク色の皮膚が覗《のぞ》いているのが痛々しい。

かく言う僕も、あちこち皮剝けだらけだ。

姫ちゃんはもともと浅黒く日焼けしているせいか、僕らに比べれば軽傷だ。

「……大丈夫。ヒリヒリするけど、前に比べればだいぶマシになったよ」

「姫ちゃんこそ、体調はどうだ？」

ホストさんが姫ちゃんに声をかける。

「うん、大丈夫。昨日より調子いいよ」

「お腹《なか》、気持ち悪くないか？」

「それも大丈夫。お茶が効いてるみたい」

助教授さんの作ってくれた煎じ薬のお茶は、僕らも全員飲んでいる。

あのお茶を飲み始めてから、僕も何だかお腹の調子がいい気がしていた。

「そっか。助教授さん、シマソケイでしたっけ？　あれの皮も、たくさん持って行ったほうがいいと思うんですが」

「そうだな。今日のうちに採ってきて、乾かしておくよ」

助教授さんが皆を見る。

「今日中に船を作り終えよう。そして、明日の朝に出発するぞ」

「最後のひと踏ん張りだな！　皆、頑張ろうぜ！」

ホストさんが拳を上げる。

皆で「えいえいおー！」と声を張り上げた。

＊＊＊

朝食を済ませた僕らは、魚釣りを姫ちゃんとデブさんに任せ、船作りに取り掛かった。

デブさんは魚を釣り上げたら、片っ端から干物にしていくとのことだ。

僕はホストさんと一緒に、罠の確認をしに森にやって来ている。

「明日でこの島ともお別れかぁ。何だか、不思議と名残惜しく感じますよ」

ざくざくと枝葉を踏みしめながら、ホストさんは感慨深げだ。

「島に愛着湧いちゃうよね。なんだかんだで楽しかったし」

「はい。島で目を覚ました時はどうなることかと思いましたけど、こうして皆と仲良くなれたし、俺、あの時海で溺れて本当に良かったっすよ」

「あはは。ホストさん、本当に前向きだね」

「俺はいつでも前向きっす！　暗い顔してても、いいことなんてないですからね！」

ホストさんがいつものように、にかっと笑う。

いろいろ大変な目にばかり遭ったけど、彼の言うとおり、僕もこの島に流されてよかったように感じていた。

つらい体験も多かったけど、それ以上に楽しい出来事もたくさんあった。

人間として成長できたというか、生きることの素晴らしさを学べたように思える。

これから先、この島での経験はきっと人生の糧になることだろう。

「あ、この辺だよ。ほら、あそこ」

昨日罠を仕掛けた場所に到着し、設置場所を指差す。

ぐにゃりと曲がった枝の先に、ピンと張った紐が見える。

「これっすか。ウサギはかかってないみたいっすね……」

罠の1つに歩み寄ったホストさんが、残念がる。

置いてある薄切りカボチャはカラカラに乾いていて、手付かずだ。

「そうだね。他の罠も確認してみよう」

しかし、残りの罠を1つずつ確認してみるが、どれにもウサギはかかっていなかった。

カボチャもそのままの状態で、ウサギが齧ったような形跡も皆無だ。

「ダメかぁ……ああ、ウサギ肉、食いたかったなあ」

肩を落とすホストさん。

やはり、素人が適当に仕掛けた罠で動物を捕獲しようなどというのは、土台無理な話だったのだろう。

もしかしたら、と期待していたので、僕もがっかりしてしまう。

「まあ、仕方がないよ。海岸に戻ろう」

「そうっすね。明日の朝、もう一度見に来てみましょっか」

ウサギを諦め、海岸へと戻るべく森を歩く。

木々の間から砂浜が見えてきたところで、ホストさんが立ち止まった。

「……よし、決めた！」

「え？　何を？」

突然決意に満ちた顔をするホストさんに、僕は首を傾げた。

「俺、今夜姫ちゃんに告白します！」

「ええっ⁉」

驚く僕に、ホストさんがにかっと笑う。

「無事に生きて帰ってからにしようかとも思ったんすけど、やっぱ我慢できなくて。それにほら、『吊《つ》り橋効果』ってのもあるじゃないっすか？　告白するなら、島にいる間ですよね！」

「そ、そっか。ホストさん、そんなに姫ちゃんのこと気に入ってたんだね」

「いやー、ベタ惚《ぼ》れっすね。今まで見てきたなかで、間違いなく一番いい女の子っすよ」

ホストさんが腕を組み、うんうんと頷く。

「前に話したクソ女のせいで、正直女性不信になりかけてたんですけど、姫ちゃんなら裏表なさそうだし、マジでいい子ですし、本当に好きになっちゃいました。あんな子と一緒にいられたら、きっと毎日めっちゃ楽しいですよ」

「あー、分かる。姫ちゃん、一緒にいて楽しいもんね。優しいし、本当にいい子だよね」

僕が言うと、ホストさんは「ですよね！」と笑顔で頷いた。

「あんないい子、なかなか……あ、もしかして、漫画家さんも姫ちゃん気になってたりしました？」

「え？　あ、いや……まあ、いい子だなとは思ってたよ。僕なんかじゃ、相手にされないだろうけどさ」

「またまた！　漫画家さんだって話してて面白いですし、頭もいいですし……あ！　だ、ダメっすよ⁉　告白するにしても、俺がした後にしてくださいよ！」

途端に焦り顔になるホストさんに、僕は苦笑した。

「大丈夫だって。ホストさん、応援してるから、頑張ってね」

「はい！　上手くいくように祈っててください！　……ん？」

ホストさんが森の中に目を向けた。

「どうしたの？」

「あそこ、何か白いもんが落ちてますよ？」

ホストさんが小走りでそこへと向かう。

僕もその後を追った。

「何だこれ？　看板か？」

うっそうと茂る草の中に、白い立て看板が倒れていた。

ホストさんが看板を摑み、持ち上げる。

白地に黒い文字で、「売り地」と大きく書かれていた。

「う、売り地？　ここ、私有地だったのか……」

「不動産屋の名前と電話番号も書いてありますね。『株式会社島人不動産』ですって。

管理人とか、島を見にきたりしないですかね？」

「うーん……看板はボロボロだし、島に誰か来たような形跡も見つからなかったし、ずっと放置されてる島なんじゃない？」

「そっか……もしかしたら、待ってたら誰か来るかもって思ったんだけどなぁ」

私有地だと分かったからといってどうすることもできないが、とりあえず看板は持って帰ることにした。

2人で両端を持ち、えっちらおっちらと砂浜に出る。

海辺の岩場では姫ちゃんとデブさんが釣りを続けていて、助教授さんたちは竹の柱を船に取り付けていた。

トンカントンカンと、石で釘を打つ音が響いている。

少し離れた場所では、生木をくべられた焚火がもくもくと煙を上げていた。

「おっ、戻ったか。何を持ってるんだ？」

柱に投網の帆を縛り付けていた助教授さんが、僕らを見て怪訝な表情になった。

「看板です。この島、売り出し中らしいですよ」

僕らは船の傍《そば》まで看板を運び、砂に突き刺して看板を立てた。

撮り鉄さんとむっくんも傍に寄り、しげしげと看板を眺める。

「へえ。完全に放置されてる島ってわけじゃないのか」

「管理されてる島だったんだね……この島、売り物なのか」

むっくんが、じっと看板を見つめる。

「この看板、どうする？　記念に船に載せて持ってくか？」

ホストさんの提案に、助教授さんが呆れた顔になる。

「そんなもの持って行っても仕方がないだろ。このまま、そこに突き刺しておきなさい」

「んー、そうっすか。まあ、勝手に持って行ったら怒られそうですしね」

「島の木々を勝手に使って船を作っている時点で、今さらという感じもするがな」

助教授さんはそう言うと、船に目を向けた。

「船はほとんど完成だ。日除けも作ったし、後は水を煮沸してペットボトルに詰めるだけだな」

「魚釣りはどんな感じです？」

僕が聞くと、助教授さんは岩場に目を向けた。

「かなり順調そうだぞ。ほら、あそこ。たくさん干物が並んでいるだろう」

見てみると、岩場にはたくさんの魚の開きが干してあった。

今日も大漁のようだ。

「ウサギはダメだったのか？」

撮り鉄さんが看板をパシャリと撮影し、顔を上げる。

「うん。明日の朝までにかかってればいいんだけど」

「まあ、野生動物が相手だしな。罠には人間の匂いがついちまってるし、避けられてるのかもな」

「あ、なるほど。匂いか」

「そういや、俺たち、だいぶ小汚いっすね」

僕とホストさんは自分の体に目を落とす。

僕らは時々海に入って体を洗ってはいるけれど、髪はボサボサ、肌は荒れ放題だ。日焼け痕が痛くて体を擦ったりはしていないから、きっと垢《あか》だらけだろう。

助教授さんと姫ちゃんは海で服を洗ってもいたから、海パン一丁の僕らよりもだいぶマシに見える。

「まあ、それは仕方がない。無事に帰ったら、これでもかというくらい体を洗えばいいさ」

「ですね。こんな格好のまま死ぬのはごめんです」

「帰ったら、まずは銭湯っすね！」

僕とホストさんの言葉に、皆が笑う。

「さて、漫画家君とホスト君も戻ってきたことだし、さっさと船を完成させるとしよう。それが終わったら、廃墟に行って水をペットボトルに詰めないとな」

「……急がないと、また虫に食われるよ」

むっくんの意見に皆は頷き、船作りに取り掛かった。

＊＊＊

数時間後。

すっかり日の暮れた砂浜で、僕らは全員で焚火を囲んでいた。

あれから無事に船は完成し、廃墟の水もすべて煮沸してからペットボトルに詰めることができた。

山の中の畑に生《な》っていたカボチャもすべて収穫し、昼間に干した魚の干物は葉っぱに包んで小屋の中に置いてある。

準備は万全だ。

「よし、焼けたぞ」

「こっちも煮えたみたいだよ」

デブさんがフジツボの串焼きを、姫ちゃんが一斗缶で煮ていた魚のぶつ切りスープを竹の器によそい、皆に配る。

シマソケイのお茶も、助教授さんがヘルメットで作ってくれて皆に配っていた。

「ほら、ホスト君」

「あんがと」

ホストさんがデブさんから串焼きを受け取り、まじまじと眺めた。

「ん？　どうした？」

「いや、フジツボには感謝しかないなって思ってさ。これがなかったら俺ら全員死んでたかもしれないし」

確かにそうだ、と皆が頷く。

フジツボは生で食べても美味しいし、煮ても焼いてもＯＫだ。

ほぼ毎日食べているというのに、まったく飽きがこない。

身が小さいということを除けば、最高のサバイバルフードだろう。

「この島にこなかったら、フジツボなんて生涯食べなかっただろうな……」

撮り鉄さんがしみじみと、フジツボを齧る。

「そうだね……僕ら、見方によったら結構贅沢《ぜいたく》してるよね。無人島で毎日大騒ぎして、新鮮な魚とフジツボを食べて、こうやって焚火を囲んでお茶を飲んでるんだからさ」

「……うん。たくさん酷《ひど》い目にも遭ったけど、ここでの生活、楽しかったよね。遭難に感謝って感じ」

姫ちゃんがお茶をすすりながら、にこりと微笑む。

明日で、この無人島ともお別れだ。

そう考えると、何だかすごく寂しく感じてしまう。

他の皆も同じ心境のようで、黙って頷いた。

何だかしんみりとした雰囲気になってしまい、誰も言葉を発さない。

パチパチと燃える焚火の音が、妙に大きく聞こえる。

「……いろいろあったけど、私はこの島に来れてよかったと思っているよ」

しばらくそうしていると、助教授さんがぽつりと言った。

「実は、私は自殺に失敗したんだ。何もかも嫌になってしまってな」

突然の告白に、皆が驚いた顔で助教授さんを見た。

でも、僕は何となくそうじゃないかなと思っていた。

助教授さんが時折見せる暗い表情は、そういうことだったのだ。

「自殺って……どうしてですか？」

デブさんが助教授さんに聞く。

「私が大学で教鞭《きょうべん》を執《と》っている話はしただろう？　それだよ」

助教授さんが力ない顔で笑う。

「講義はいつも動物園状態だし、いつまで経っても准教授のままな私を嘲る他の教授連中からは後ろ指を指されるしで、自分の人生が酷くバカらしいものに感じてしまってな。生きているのが嫌になって、首を吊ろうと考えたんだが……実際に縄を結んで木に縛り付けたら、怖くなってしまってできなかった」

助教授さんが深くため息をつく。

森で罠を作っていた時に、妙に手際よく「わな結び」をしていたことの謎が解けた。あの時、助教授さんは一瞬暗い顔を見せたけど、首吊りをしようと思って縄を結んだ時のことを思い出していたのだろう。

「……それで、首吊りが無理なら、一思いに飛び降りようと思ったんだ。最後くらい綺麗な景色を見ながら死のうと思って沖縄に来て、崖から飛び降りた。そして気が付いたら、この島に流されていたというわけさ」

助教授さんの話に、皆が言葉を失う。

「でも、この島でキミたちと生活して、考えを改めたよ。生きていれば、こんないい出会いもあるってことが分かったからな。間違いなく、私の人生で一番楽しい日々だった」

助教授さんはお茶を一口飲み、皆を見た。

「生きて帰れたら、もう一度、自分を信じて頑張ってみようと思う。キミたちさえよければ、これからも連絡を取らせてくれないか？」

「当たり前じゃないっすか！　助教授さんと俺たちは、一生友達ですよ！」

ホストさんが叫ぶ。

「俺たちは一生マブダチです！　俺、助教授さん大好きっすよ！」

「そうだよ！　助教授さんのおかげで、私たちここまでやってこれたんだもん！　帰ってからも連絡取り合って、あちこち遊びに行こうよ！」

「俺と一緒にユーチューバーやりましょうよ！　手が空いた時に参加してくれるだけでもいいんで！　助教授さんと一緒なら、きっと楽しい動画が撮れますよ！」

ホストさん、姫ちゃん、デブさんが次々に声をかける。

撮り鉄さん、むっくん、そして僕も、うんうんと頷いた。

「……ありがとう。こんなおっさんを相手にしてくれて。キミたちは本当にいい人たちだな」

助教授さんが右手で顔を覆い、声を震わせた。

「助教授さん、友達になることに年齢なんて関係ないですよ！」

「そうですよ！　これからもずっと、仲良くしてください！」

僕と撮り鉄さんも、声を大にする。

助教授さんは肩を震わせながら、こくこくと何度も頷いた。

「……この島でこうして皆と仲良くなれたことは、きっと運命だったんだと思う」

むっくんが優しい声で、助教授さんに言う。

「……僕も助教授さんと同じで、この島に遭難したことに感謝してるよ。こんなにも素晴らしい仲間ができたんだから。たとえ船に乗ったまま海の上で死んだとしても、後悔なんて絶対にしない」

むっくんが力強い声で言い切る。

「……この島での生活、最高に楽しかったよ。皆、こんな僕にもずっと優しくしてくれて……本当にありがとう。これからも、ずっと友達でいてくれないかな」

にこりと微笑むむっくん。

あまりにも純粋な彼の表情とその言葉に、僕の心の奥からぐっと熱いものが込み上げてきた。

思わず目を潤ませて頷くと、他の皆も同じように頷いていた。

「あはは。むっくん、いいこと言うじゃん！　格好いいよ！」

姫ちゃんが指先で涙を拭う。

「こんな風に思えるようになったのは……姫ちゃんのおかげだよ。僕は――」

「一生友達だよおおお！　これからも仲良くしてくれよなあああ！」

むっくんの言葉を遮り、ホストさんが号泣しながら彼の肩をバシバシと叩く。

湿っぽくなっていた空気が弛緩し、皆が声を上げて笑った。

泣き顔交じりの、明るく楽しい全員の笑い声が辺りに響く。

ひとしきり笑い、助教授さんがゴシゴシと腕で涙を拭った。

「さあ、今日はもう寝よう。明日は早起きしなきゃいけない。これからも皆と楽しい日々を過ごすために、無事に生きてこの島を脱出しないとな」

皆が頷き、立ち上がる。

「んじゃ、火の番を決めよっか。いつもどおり、じゃんけんでいいかな？」

姫ちゃんが皆に聞く。

「姫君以外で、だな。まだ病み上がりなんだし、朝までゆっくり休みなさい」

「だな。姫ちゃん、それがいいよ」

「ぶり返したら大変だからな。そうしておきな」

撮り鉄さんとデブさんの言葉に、姫ちゃんは「ありがと」と微笑んだ。

「な、ならさ、今日の火の番は俺が最初にやるよ」

ホストさんが手を上げる。

もしかして、皆が寝静まったタイミングで姫ちゃんに告白するつもりなのかな？

「あはは、それがいいかもね。また居眠りして火を消しちゃったら大変だしさ」

僕の言葉に、他の皆も笑って「そうだな」と頷いた。

ホストさんが目で僕に、「ありがとうございます！」と言っているのが分かる。

「では、最初はホスト君に任せよう。その次は、彼から左回りということにするか」

助教授さんの一声で火の番の順番が決まり、ホストさん以外は小屋へと向かった。

小屋に入って、おやすみ、と言い合って横になる。

もちろん僕は、寝たふりだ。

そうしてしばらくじっとしていると、皆の寝息が聞こえ始めた。

すると、ザクザクと歩く音が小屋に近づいてきた。

顔を少し動かしてそちらを見ると、緊張した顔でこちらに歩み寄るホストさんの姿があった。

何だか、僕までドキドキしてきたぞ。

「姫ちゃん、起きてくれ」

ホストさんが姫ちゃんに近寄り、小声で話しかけながら肩を揺する。

「ん……ホスト君？　どしたの？」

姫ちゃんが眠そうな声を上げ、体を起こす。

「どうしても言いたいことがあってさ。こっち、来てくれねえか？」

「……うん、分かった」

姫ちゃんが頷き、そっと立ち上がった。

ホストさんと焚火の傍へ歩いて行く。

「……さて、どうなる？」

ぼそっと響いた声に驚いて顔を向けると、撮り鉄さんが寝たままの体勢でカメラを構えていた。

「どうだかな……まあ、五分五分ってところじゃないか？」

「ふむ……彼女は誰にでも好意的に振る舞っていたからな。予想がつかないな」

デブさんと助教授さんのボソボソ声も聞こえてきた。

「み、皆起きてたの？」

僕が聞くと、彼らは首を動かして僕を見た。

「そりゃあ、起きてるよ。ホスト君、どう見ても告白する気満々だったし」

「こんなシャッターチャンス逃す手はないからな。暗視モード様々だ、よく見えるぜ」

「ホスト君が彼女に好意を持っているのは分かっていたし、どうにも気になってしまってな。年甲斐《としがい》もなく、ドキドキしてしまうよ」

デブさん、撮り鉄さん、助教授さんがニヤニヤする。

僕は苦笑して、少し体を起こして唯一身動きしないむっくんに目を向けた。

小屋の一番端で横になっているけど、焚火のほうに顔を向けて横向きになっている。

眠っているのかな？

「おっ、始まるぞ！」

という撮り鉄さんの声で、ホストさんと姫ちゃんに再び目を戻し、耳を澄ませる。

「あ、あのさ！　その……なんつったらいいのかな……」

ホストさんが頭を掻《か》き、照れ臭そうにする。

姫ちゃんは黙って彼を見つめていて、何も言わない。

ホストさんは一つ深呼吸をすると、真っ直《ます》ぐに彼女を見た。

「この島に来てから、ずっと大変なことばかりで、元気に振る舞ってはいたけどさ……正直、何度も心が折れそうになったよ。水も食べ物もないし、おまけに俺のドジで火は消しちゃうしさ。でも……」

　ホストさんが真剣な顔になる。

「姫ちゃん、『火なんてまたおこせばいい。ホスト君はいつもみたいに明るくしてなきゃダメだ』って言ってくれただろ？　あれ、本当に嬉しかったよ。その後も、俺を励ましてくれてさ。何度も一緒にバカやってくれたし、姫ちゃんのおかげで、俺はずっと元気でいられたんだ」

「……うん」

　姫ちゃんが小さく頷く。

「俺、姫ちゃんのことが好きだ」

　ホストさんが爽やかな笑顔で彼女を見る。

「姫ちゃんと一緒にいると楽しいし、話してるだけでドキドキする。俺、もっと姫ちゃんのことが知りたいし、ずっと一緒にいたいよ。この島を脱出した後も、傍にいたい。毎日、姫ちゃんの笑顔を見ていたいんだ」

　ホストさんはそう言うと、姫ちゃんに右手を差し出し頭を下げた。

「俺と付き合ってください！　絶対に幸せにしますから！」

「……ありがと。嬉しいよ」

姫ちゃんがにこりと微笑む。

「おお」と僕らは思わず小さく声を漏らした……が。

「でも、ごめん。私、むっくんと付き合うことになったんだ」

「えっ⁉」

ホストさんの驚いた声が響く。

僕らも当然驚いて、小屋の端で横になるむっくんに目を向けた。

彼は相変わらず、身じろぎひとつしない。

「むっくん、ずっと私のこと気遣ってくれててさ。私の手の怪我《けが》が悪くならないようにって、毎日オトギリソウのお薬を作って塗ってくれて。私が吐いちゃった時も、素手で汚れた泥を捨てて来てくれたし、帰ったらクル……一緒に遊ぼうって元気づけてくれたの。それに……」

姫ちゃんが照れ臭そうに笑う。

「老人ホームを作りたいって話、すごく真剣に考えてくれてさ。どれくらいの規模を計画してるのかとか、収益モデルの構想はちゃんとしたものがあるのかとか、釣りをしながらいろいろ聞いてくれたの。それで、今まで立てた計画を詳しく話したら、『姫ちゃんがすごく真剣なのは分かったよ。僕も姫ちゃんの夢が実現できるように力になる。一緒に素敵な老人ホームを作ろう』って言ってくれたの。しかも、『開業資金は僕に任せて』って言ってくれて。無事に帰れたら、私、むっくんと老人ホームを作るんだ」

頬を染めて微笑む姫ちゃんに、ホストさんは右手を出したままの体勢で固まってしまっていた。

僕らはただ唖然とした顔で、彼女たちを見つめていた。

「だから、ほんっとうにごめん！　気持ちはすごく嬉しいんだけど……」

心底申し訳なさそうに謝る姫ちゃんに、ホストさんははっとして手を引っ込めた。

「あ、い、いや……そ、そっか。むっくんと……」

「うん……」

2人の間に沈黙が流れる。

数秒して、ホストさんは大きくため息をつくと、明るい顔を彼女に向けた。

「うん、分かったよ。老人ホーム、立派なのができるといいな！　頑張れよ！　何かあったら、俺も手伝うからさ！」

「……うん、ありがと。頑張るよ」

姫ちゃんが微笑む。

「……ふう」

その時、むっくんがほっとしたように息を吐いた。

どうやら、彼も起きていたようだ。

「それじゃ、私はもう寝るね」

「おう！　おやすみ！」

姫ちゃんがホストさんに手を振り、こちらに戻って来る。

僕らは慌てて起こしていた体を横たえ、目をつぶった。

「……むっくん、やるじゃないか。たいしたものだ」

助教授さんの感心した声が、ぽつりと響く。

僕は目をつぶったまま、それに同意して頷いた。

その後、姫ちゃんが小屋に戻って来て横になり、寝息を立て始めてからもしばらくはドキドキが収まらなくて眠れなかった。

やがて、遠くから微《かす》かにホストさんの「ちくしょおおお！」と叫ぶ声とバシャバシャと海に飛び込む音が聞こえてきた。

＊＊＊

無人島遭難8日目の朝。

太陽はすでに水平線上に顔を覗かせていて、辺りを明るく照らしている。

天気は快晴で風は微風。

最高の船出日和だ。

「よし、これだけあれば十分だろう」

波打ち際に積まれた大量の薪《たきぎ》を前に、助教授さんが額の汗を拭う。

僕と撮り鉄さんも、運んできた薪を砂の上に置いた。

水の入った大量のペットボトル、魚の干物、採りたてのフジツボ、丸のままのカボチャが持ち出す全食料だ。

他には、2本の釣り竿、一斗缶、ヘルメット、釘、針金、石の包丁、石斧、竹の器も持って行く。

一斗缶には火のついた薪が入れてあり、海上で狼煙を焚くのに使う予定だ。

船を漕《こ》ぐための竹で作ったオールも4本あり、これなら交代で漕ぎ続けられるだろう。

今朝は狼煙は焚かず、砂に書いた「SOS」と「やばたにえん」の文字も消した。これから脱出するというのに、万が一それを見つけた救助隊が島を捜索しては、船で脱出している僕らを見逃すことにもなりかねないからだ。

代わりに、それらの場所には「フネで北にいく」と大きく書いておいた。

朝食の時に使った焚火には水をかけたけど、消火が中途半端なのか白い煙をもくもくと立ち上らせている。最後にまた海水をかけておこう。

一応、森に罠を確認しにも行ったけど、案の定成果はなし。

僕らがいない間に動物がかかったら可哀《かわい》そうなので、罠は回収した。

「しかし、結局救助は来なかったなぁ」

ぽいっと砂浜に石斧を投げた撮り鉄さんが、海を眺めながらぼやく。

僕も水のペットボトルをその隣に置いて、彼と並んで海を見た。

「俺たちが失踪したってこと、気付かれてるのかな？」

「うーん……失踪には気付いてるかもしれないけど、船が沈没したとかじゃないし、まさか海を流されて無人島に漂着してるなんて思ってないだろうね」

僕が言うと、撮り鉄さんは「だよなぁ」と苦笑した。

「別々の場所で溺れて、全員が同じ無人島に流されるって、普通に考えてあり得ないよな。昨日むっくんが言ってたように、何か運命じみたものを感じるよ」

「どんな冗談だよって話だよね。普通、沈んで土左衛門になるよ」

「俺なんて、首からカメラぶら下げたまま、川からこの島まで流され続けたんだぜ？　カメラの重みで沈まなかったのが不思議で仕方がないよ」

「私も、あんな岩だらけの崖下に飛び降りてよく無傷だったな……どう考えても即死すると思っていたんだが」

助教授さんも遠い目で海を眺める。

「きっと、神様が『まだその時ではない』って言ってるんですよ。頑張って生きないと」

僕が言うと、助教授さんは笑いながら「そうだな」と頷いた。

「おーい、皆！　船を運ぶのを手伝ってよ！」

僕らがだべっていると、砂浜に置いてある船から姫ちゃんが大声で呼びかけてきた。

他の皆は、すでに船を運ぼうと集まっている。

「……姫ちゃんもホスト君も、いつも通りだな」

撮り鉄さんが彼らに目を向ける。

「そうだね。ホストさん、凹《へこ》んでるかと思ったけど、そうでもないし」

「いや、あれは空元気だろう。今朝起きた時、頬が涙で濡れていたからな。彼が起きる前に、ハンカチでそっと拭いておいてやったよ」

　助教授さんが苦笑する。

「マジか、ホスト君の涙に濡れた寝顔、写真に撮りたかったな……」

「こらこら、何てこと言うんだキミは」

「撮り鉄さん、さすがに鬼畜すぎるよ……」

「じょ、冗談だって」

「おーいってば！　しゃべってないで、早く来てよー！」

　姫ちゃんの再度の呼びかけに、僕らは彼女たちの下へと走った。

「もう！　何を話し込んでたわけ？」

「え、えっと、これからの世界経済についてちょっと……」

「ち、地球温暖化の話とかさ」

「はあ？　こんな場所でよくそんな話題になったね？」

　不思議がる姫ちゃんに、僕と撮り鉄さんが誤魔化し笑いをする。

「まあ、そういうこともあるさ。さて、運ぶとするか」

苦笑する助教授さんに僕らは頷き、それぞれ船の端を摑んだ。

「いいか？　持ち上げるぞ。せえのっ！」

助教授さんの掛け声で、皆で力を込めて船を持ち上げようとする。

ところが、あまりにもがっしりと作りすぎたのか、船は重くてびくともしない。

「お、重てえ……これ、海まで運べなくね？」

ホストさんが顔をしかめる。

「ふむ。ならば、皆で片側を持って少しずつ動かすとしようか」

「あっ、なるほど！　助教授さん、頭いいっすね！」

「いや、誰でも思いつくだろ……」

助教授さんが呆れ顔になる。

「んなことないですって！　なあ？」

ホストさんが僕らを見る。

「思いつくよ……」

「さすがに思いつくって……」

「ホスト君、しっかりしなよ……」

僕、デブさん、姫ちゃんに言われ、「皆ひでえよ……」と肩を落とすホストさんに、皆が笑う。

ホストさんは内心凹んでいるのだろうけど、明るく振る舞ってくれていてほっとした。

無事に生きて帰れたら、居酒屋にでも誘って目一杯慰めてあげよう。

「さあ、船を海まで運ぶぞ。皆、こっちに集まってくれ」

助教授さんの指示で僕らは船の片側に集まり、よっこらしょと船を持ち上げた。

少し移動してはまた反対側を持つ、ということを繰り返して、少しずつ船を波打ち際へと移動させた。

「よっしゃ！　んじゃ、出発しようぜ！」

ホストさんが勇んで船に飛び乗る。

まだ水に浮かべていないのに、乗っちゃダメだろ。

「あっ、ちょっと待てって！」

そんな彼に、撮り鉄さんが待ったをかけた。

「出発前に集合写真を撮るって言ってたじゃんか。ほら、皆、船の前に集まりな。海をバックに撮るぞ」

撮り鉄さんが小走りで皆から離れる。

「あっ、そうだった！　そのカメラ、タイマー使えるのか？」

「使えるに決まってるだろ。ホスト君、台が必要だから、何本か薪を持ってきてくれ」

「おう！」

ホストさんが船から飛び降り、薪を数本手にして彼の下へと走る。

薪を三角に砂に突き刺し、その上にカメラを固定させた。

その間に、僕らは船の前に整列する。

中央に助教授さんと姫ちゃんが座り、僕らは彼らの後ろに立った。

撮り鉄さんがタイマーをセットし、ホストさんと一緒に駆け戻って来る。

「よし、皆、笑顔だ！　無人島脱出して生き延びるぞ！」

「「おー！」」

皆が笑顔で拳を振り上げて叫ぶと同時に、パシャリとシャッターが下りた。

撮り鉄さんがカメラに駆け戻り、首からぶら下げて薪を回収して船に戻って来た。

「おっし！　今度こそ出発しようぜ！」

ホストさんが再び船に飛び乗る。

「ちょっと！　先に船を水に浮かべてからでしょ！」

「あっ、そうだった！　……ん？」

姫ちゃんに怒られたホストさんが、ふと海を眺めて怪訝な顔になった。

「どうしたの？」

「あ、あれって……」

じっと海を見つめるホストさんの視線を追い、僕らも海を見る。

遠い水平線上に、ぽつんと小さな白い影があった。

あれよあれよという間に、真っ白い船体が近づいてくる。

「おーい！　大丈夫かー⁉」

唖然とした顔で見つめる僕らに、船の先頭に立っている制服姿の人が、大声で呼びかける。

その船体には「海上保安庁」の青い文字がくっきりと記されていた。

＊＊＊

乗り慣れた電車に乗り、歩き慣れた道を歩き、見慣れたアパートの敷地に入る。

郵便受けを開いてみると、そこには分厚い封筒があった。

裏を見てみると、達筆な筆文字で「卯月健人」と名前が記されていた。撮り鉄さんの本名だ。

表には、僕の住所と名前、そして切手には日付の付いた消印が押されている。

「もう10日も経つのか。早いもんだなぁ」

しみじみとつぶやき、僕は封筒を手に部屋へと向かった。

あれから、僕らは海上保安庁の船に救助されて沖縄本島に帰ることができた。

どうやらデブさんが海で溺れた際、スマホでライブ配信していたらしく、数人いた視聴者たち全員が通報してくれて、海上保安庁に捜索されていたとのことだった。

海上保安庁の人たちは近場の海を捜索したが見つからず、範囲を大幅に広げて大掛かりな捜索をしていた折、朝の煮炊きの煙を偶然見つけて島に来たとのことだ。

連日狼煙を上げても見つけてもらえなかったのに、いざ手作り船で島を脱出、となった途端に、小さな煮炊きの煙を見つけてもらって助かったというのには、何とも笑ってしまう。

僕が海の家のロッカーに入れた荷物は従業員が見つけてくれていて、偶然かかってきた民宿からの電話にも出てくれて、僕が行方不明になったことも把握されていた。

ビーチで泳いでいた人が僕を見たと証言したこともあり、海で溺れたのではないか、と大騒ぎになっていたらしい。

姫ちゃんは連絡が取れなくなったことで友達が探し回ってくれたらしく、どこにもいないと捜索願いが出されていた。

一日に同時に2人が海で、1人が島内で行方不明になったということもあって、連日ニュースで大きく報道されるほどの大事件になっていたとのことだ。

海上保安庁の船に乗って沖縄本島に帰り着いた時は、大勢のマスコミが詰めかけていてものすごい騒ぎになっていた。

皆で「ご迷惑をおかけしました」と頭を下げながら写真を撮られまくったけど、他の4人は失踪したことに気付かれておらず、どういうことだと質問攻めに遭ってしまった。

また、シマソケイが属するキョウチクトウ科には毒性を持つものがあり、僕らはすぐに検査入院となった。そして2日間いろいろと検査をされて、お巡《まわ》りさんにものすごく怒られた後で解放された。

その後は、それぞれが元の生活に戻っていった。

「写真でも入ってるのかな? 電話かメールで、送ったぞって連絡してくれてもいいのに」

部屋の鍵を開け、扉を開く。

ネクタイを緩め、スーツの上着を脱いでベッドへと放り投げた。

イスに座ってパソコンの電源を入れ、封筒を開いて中身を取り出す。

入っていたのは、無人島で撮った写真の数々と、2つ折りになった手紙だった。

「うわ、懐かしいなぁ！」

思わず頬を綻《ほころ》ばせ、写真を1枚ずつ捲《めく》っていく。

森の中でカメラが直った直後に撮られた僕の写真、皆で焚火を囲んでいる時の写真、小屋作りをしている時の写真、波打ち際から無人島全体を撮った写真など、数十枚はある。

僕の映っている写真だけじゃなくて、メジナのカボチャ寿司《ずし》を食べて泣いている姫ちゃんや、夜に焚火の前で熱唱しているホストさんなど、撮り鉄さんが撮影したすべての写真を送ってくれたようだ。

ホストさんが姫ちゃんに告白している最中の写真もしっかり入っていて、苦笑してしまった。

「はは。撮り鉄さん、本当にいろいろ撮りまくってたんだな。いい記念になるよ」

僕は無人島生活を思い起こしながら、パソコンを起動した。

皆とは連絡先を交換して頻繁にLINEでやり取りしている。

今日はどんなことがあった、といったたわいもない話題を話すだけだけど、全員が何かしらの反応を返してくれてとても面白い。

そのなかの話題で知ったのだけれど、姫ちゃんは退院してからすぐに、むっくんと老人ホーム建設の具体的な計画を練り始めたらしい。

資金はすべて彼が出すとのことで、いくらお金持ちとはいえ金銭的に大丈夫なのかと心配になって、むっくんに電話をして聞いてみた。

でも、そんな心配はまったくの杞憂《きゆう》だった。

実は彼は専業投資家で、僕が想像していた遥《はる》か上をいく大金持ちだった。

しかも、無人島遭難中に放置していた株が暴騰していて、さらにとんでもないお金持ちになったとのことだ。

さらにはそのお金を使ってあの無人島を買い取るつもりらしく、不動産屋に相談しているらしい。

9月の連休に皆でまた集まって、彼が両親への誕生日プレゼントとして買ったというクルーザーに乗せてもらって、あの無人島にキャンプをしに出かけることになった。

姫ちゃんとは早くも同棲《どうせい》することになったとのことで、押しかけてくる彼女の友達とも仲良くなって毎日楽しく過ごしているらしい。

撮り鉄さんは無人島生活であれこれ写真を撮っていて風景写真にも目覚めたとのことで、さっそく海や離島の写真を撮って回っているそうだ。

ＬＩＮＥに撮った写真がちょくちょく上がるので、皆で楽しみにしている。

助教授さんは大学での講義を真面目にやることにして、騒ぐ生徒は怒鳴り付け、受講者が減って大学側に文句を言われたら言い返してやると意気込んでいる。

そのあまりの変わりように、無人島でいったい何があったんだ、と生徒たちに話をせがまれて授業にならない、とぼやいていた。

また、諦めていた教授への昇格にもまた挑戦するとのことで、論文作りにも精を出していると言っていた。

僕と見せ合うと約束した無人島の絵も順調に描き進めているそうで、「進捗はどうだ？」と毎日のように連絡がきていた。

デブさんは退院後、早速ユーチューブで無人島生活についての動画を上げたのだが、肝心の無人島生活の映像がないせいで、現時点では鳴かず飛ばずらしい。

撮り鉄さんの写真が手元に来たら、もう一度写真付きで動画を上げると意気込んでいた。

ホストさんはそんな彼と一緒にユーチューバーになるべく、彼の家の近くに近々引っ越す予定とのことだ。

知らなかったとはいえ、人妻と付き合っていたという下手すれば相手の旦那さんに裁判を起こされかねない状況だったし、アパートも解約済みだったので引っ越しするにはちょうどいいタイミングだったんだろう。

「姫ちゃんに振られた悲しみを力に変えて、俺は立ち上がるんだ！」

と電話で話した時に息巻いていた。

すべての写真を見終え、2つ折りの手紙を開いた。

そこには大きな文字で、「漫画を楽しみにしてるぞ！」とだけ書かれていた。

「はいはい、今から投稿するよ」

僕は苦笑しながらツイッターを立ちあげて、漫画が入ったフォルダを開く。

ツイッターアカウントも全員が作っていて、相互フォロー済みだ。

皆、アカウント名は無人島で呼び合っていたあだ名になっていた。

だけど僕だけは、漫画のペンネームを変えるのも今さらなので、「グレートリザードマン3世」のままだ。

ホストさんは「ち○こびんびん丸」から「ホスト」に改名している。

姫ちゃんから、「さすがに毎回その名前を見るのはキツい」と言われたのが理由らしい。

ツイッターの投稿フォームを開き、漫画を張り付ける。

タイトルは、「企業戦士リザードマン　無人島遭難編」だ。

いつも付けていた、リツイート不要、の一文は書かないでおこう。

ポチッと投稿ボタンをクリックし、ツイッターを閉じる。

「さてと、絵の続きを描くとするか」

ペンタブを起動し、描きかけの無人島の絵を開く。

あの島での体験に思いをはせながら、僕はペンを手に取った。

※本作品はフィクションであり、登場人物たちの行動を推奨する意図はございません。また、登場する人物・団体・事件等はすべて架空のものです。

ISBN978-4-09-406849-8

小学館文庫
好評既刊

新入社員、社長になる

秦本幸弥

ISBN978-4-09-406882-5

未だに昭和を引きずる押切製菓のオーナー社長が、なぜか新入社員である都築を社長に抜擢。総務課長の島田はその教育係になってしまった。都築は島田にばかり無茶な仕事を押しつけ、島田は働く気力を失ってしまう。そんな中、ライバル企業が押切製菓の模倣品を発表。会社の売上は激減し、ついには倒産の二文字が。しかし社長の都築はこの大ピンチを驚くべき手段で切り抜け、さらにライバル企業を打倒するべく島田に新たなミッションを与え——。ゴタゴタの人間関係、会社への不信感、全部まとめてスカッと解決！　全サラリーマンに希望を与えるお仕事応援物語！

小学館文庫
好評既刊

泣き終わったらごはんにしよう

武内昌美

ISBN978-4-09-406777-4

中原温人《なかはらはると》は社会人四年目の少女マンガ編集者。いちばんの楽しみは、恋人のたんぽぽさんに美味しいごはんを作ってあげることだ。優しさと思いやりがたっぷり詰まった料理は、食べた人の心のほころびを癒していく。スランプに陥ったマンガ家に温人が振る舞ったのは、秘密の調味料を忍ばせた特製きのこパスタ。その味と香りに閉じていた思い出の箱が開いて……。仕事のトラブルに涙する姉には甘く蕩ける肉じゃがを、イケメンのくせに恋愛ベタな友人には複雑な食感の山形のだしを。読めば大切な人とごはんが食べたくなる。心の空腹も満たす八皿、どうぞ召し上がれ。

雨のち、シュークリーム
天音美里
小学館文庫

小学館文庫
好評既刊

ジゼル

秋吉理香子

ISBN978-4-09-406822-1

東京グランド・バレエ団の創立十五周年記念公演の演目が「ジゼル」に決定し、如月花音は準主役に抜擢される。このバレエ団では十五年前、ジゼル役のプリマ・姫宮真由美が代役の紅林嶺衣奈を襲った後死亡する事件が起き、「ジゼル」はタブーになっていた。そんな矢先、夜のスタジオでジゼルの衣装を纏った真由美の亡霊が目撃される。公演の準備を進める中、配役の変更で団員に不協和音が生じ、不可解な事件が相次いで……。これは〝呪い〟なのか？　花音が辿り着く真由美の死の真相とは？　バレエに命をかけるダンサーたちの嫉妬と愛憎を描いた傑作サスペンス。

小学館文庫
好評既刊

あの日、君は何をした

まさきとしか

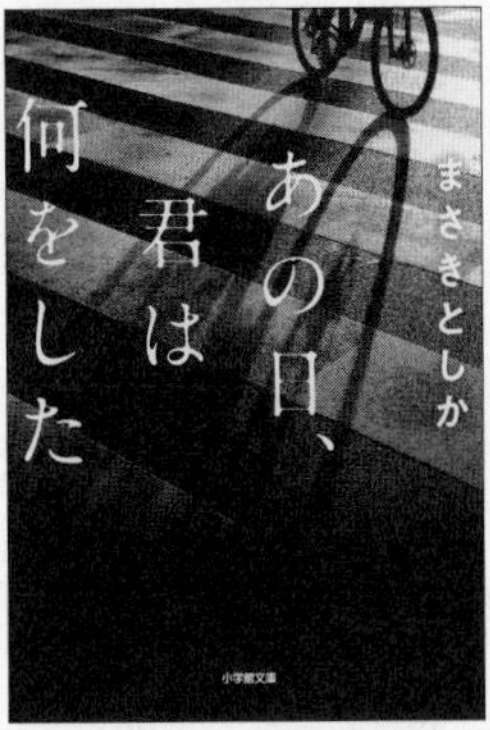

ISBN978-4-09-406791-0

北関東の前林市で暮らす主婦の水野いづみ。平凡ながら幸せな彼女の生活は、息子の大樹が連続殺人事件の容疑者に間違われて事故死したことによって、一変する。大樹が深夜に家を抜け出し、自転車に乗っていたのはなぜなのか。十五年後、新宿区で若い女性が殺害され、重要参考人である不倫相手の百井辰彦が行方不明に。無関心な妻の野々子に苛立ちながら、母親の智恵は必死で辰彦を捜し出そうとする。捜査に当たる刑事の三ツ矢は、無関係に見える二つの事件をつなぐ鍵を掴み、衝撃の真実が明らかになる。家族が抱える闇と愛の極致を描く、傑作長編ミステリ。

――本書のプロフィール――

本書は、小学館文庫のために書き下ろされた作品です。

小学館文庫

クソみたいな理由《りゆう》で無人島《むじんとう》に遭難《そうなん》したら人生《じんせい》が変《か》わった件《けん》

著者　すずの木《き》くろ

二〇二一年十月十一日　初版第一刷発行

発行人　飯田昌宏
発行所　株式会社　小学館
〒一〇一-八〇〇一　東京都千代田区一ツ橋二-三-一
電話　編集〇三-三二三〇-五九五九
　　　販売〇三-五二八一-三五五五
印刷所――図書印刷株式会社

この文庫の詳しい内容はインターネットで24時間ご覧になれます。
小学館公式ホームページ　https://www.shogakukan.co.jp

ISBN978-4-09-407074-3